U0066231

懦弱繼母養兒記 3 完

文創風 898

雲朵泡芙 著

目錄

第五十八章

張子規嚇得直接鑽回了曹覓懷裡，曹覓愣了愣，隨即笑開，朝戚然遞過去一個不滿的眼神，示意他不可嚇唬人之後，便順勢將張子規送還到張氏懷裡。

看幾個孩子們「吃醋」其實挺好玩的，但適當地滿足孩子們的占有慾，給他們安全感，才是更重要的。

果然，小女孩離開曹覓的懷抱之後，三個孩子的表情便緩和了下來。

曹覓摸了摸戚然的頭，又詢問張氏道：「妳們怎麼走到這裡來了？來買東西？」

張氏點點頭，將自己在阿勒族內開客棧的事情簡略說了，又道：「那些戎族的人住下之後，免不了也要解決吃喝問題。族中尋常的吃食對於他們而言沒有什麼吸引力，民婦方才在市集中閒逛，就是想找找有沒有什麼新奇的吃食，看到攤上這些前所未見的東西，這才過來詢問。」

曹覓笑了笑。「嗯，這些確實是新奇的吃食。」

她喊身邊的僕役取了些乾辣椒過來，與張氏介紹道：「這種是『紅籠果』的果子，也是辣椒。它的辣味純正，如今是我酒樓中的招牌。」她想了想，又問：「戎族那邊是不是常吃烤肉之類的食物？如果將辣椒製成辣椒粉，隨鹽巴一同灑在烤肉上，味道很不錯。」

張氏眼前一亮。她是知道曹覓本事的，自然不會懷疑她的話。

知道辣椒真是自己想要的東西之後，她便有些激動地問道：「那……王妃，這種辣椒，是什麼價格？」

曹覓為難地皺了皺眉。

「這批辣椒是前兩個月剛收上來的，我手上也不多，如今賣得極貴。」她解釋道：「這些本來是我拿來給王爺和兩個孩子嚐嚐鮮的，之前是聽聞市集冷清，才讓他們拿出來湊個熱鬧，幫昌嶺市集壯壯聲勢。不過，發現它的妙用之後，我又令山莊的人補種了一批，大概下個月就可以收成了。但是要等到價格下來……恐怕還需要兩、三年。」

在現代隨處可見的辣椒，放在如今，絕對算是一種稀少的奢侈品。在產量提高之前，供應的對象只有能隨意出入豐登樓的高官巨賈。

張氏一下明白過來。「原來是這樣，倒是民婦不自量力了。」

曹覓搖搖頭。「沒事，也是我這攤子沒說清楚。」她突然想到什麼，又說：「其實，若說要為烤肉增味，倒不一定需要辣椒。」

她憶起現代那些各式各樣的烤肉醬和烤肉粉，比如舉世聞名的孜然粉，其主要材料「茴香」還沒有找到。這種東西不在盛朝，她空間內又沒有種子，暫時無法製作。但是簡單一些的五香粉，甚至十三香這些，大部分的材料倒是容易獲得。

想到這裡，曹覓又道：「這樣吧，恰好酒樓該上新菜了，妳下個月不是還要送一批羊毛到容廣山莊嗎？如果到時我……王府的廚娘能把香料配出來，我就讓他們送一點到山莊裡面，妳找北寺買就是了。不加辣椒的烤肉粉，價格應該就不會太貴了。」

個孩子。

張氏聞言，欣喜地點了點頭。「多謝王妃！」

兩人又閒聊了一陣，張氏便帶著自家的閨女離開了，曹覓才有空閒回過頭教訓自家的三個孩子。

她佯怒問道：「方才對待小子規，怎麼能擺出那樣的態度？」

戚然委屈地嘟著嘴，也不說話，大概知道自己做錯了，但不想承認，便埋頭扎進曹覓的懷裡，哼哼唧唧地表達自己的小心思。

戚瑞和戚安稍微穩重一些。老大甚至提醒道：「娘親，那是一個戎族女孩。」

曹覓笑了笑。「你們忘記了？她們母女是之前你們父親接回府中的那兩人，那女孩的父親是你們父親麾下戰死的親兵。」

三個孩子聞言，點了點頭。

曹覓便又道：「這件事娘親確實也有錯，不該當著你們的面就無所顧忌地與她親近。但是無論怎樣，我們王府的公子都不該對一個比自己小，又沒做錯什麼事的女孩兒露出那樣的表情，明白嗎？」

三個孩子乖巧地點了點頭。

趴在曹覓懷裡的戚然突然抬起頭，似有所感地問道：「娘親，妳更想要、更想要養一個女孩是不是？」

他平時看著十分單純，反應和智力都比不上兩個哥哥，對於情感卻十分敏銳。他能感受到曹覓一開始見到張子規和張氏的時候，開心之餘，是隱含一些羨慕的。

曹覓有些尷尬地咳了咳。

她確實是有這種想法。說起來，她上輩子還是單身，對於未來自己生兒育女的幻想，定格在能給可可愛愛的女兒梳辮子這種溫馨場景上。所以見到長著一張異域小美人臉龐的張子規，她確實「心動」不已。

但是，此時這點小心思被老三直接說出來，曹覓竟有種自己被「捉姦在床」的尷尬。

想了想，她答道：「娘親，咳、咳，確實想過要一個小閨女，但沒有『更』想要。」她又安慰道：「能遇見你們三個，娘親很開心、很滿足。沒有比你們更讓我喜歡和期盼的孩子了！」

就算有，那跟你們也只是同等分量。

但她明智地沒有把最後一句說出來。

果然，三個孩子聽完她的解釋又放鬆了下來。

一場小危機被化解，曹覓暗暗鬆了口氣。

市集一直開到傍晚，直到結束之前，曹覓攤上的東西都沒賣出去多少。她也不糾結這種事，乾脆將東西作為禮物，送給雷厲那些軍官。

鬧了一整天後，夜裡，三個孩子被送回屋中，洗漱過後都乖乖入睡了。

曹覓照顧了一天，這時候才有空暇揉著痠痛的腰肢，打著哈欠往外走。

但她還沒回到房間，就遇到了等在院中的戚游。

壓抑著心中的歡喜，曹覓明知故問道：「王爺，怎麼在這裡？」

戚游本就忙碌，加上她要照顧幾個孩子，兩人即使身處同一座城，也少有單獨相處的機會。

戚游看了她一眼，詢問道：「他們都睡了嗎？」

「嗯。」提起三個孩子，曹覓語氣便軟和下來。「今天鬧了一天，兩個小的都在強撐著呢，一放到床上就睡著了。」

戚游點了點頭，邁步往前走，示意曹覓跟上。

「你們幾時走？」他又問。

曹覓想了想。「再待兩日就離開。不會給你添什麼麻煩吧？」

戚游腳步一頓，隨即低啞地說了一句。「妳是很會給人添麻煩。」

此時他走在前頭，曹覓看不清他的表情，但能從聲音判斷出來，北安王此時心情不怎麼好。

她也不知道自己是哪裡惹到他了，頭皮卻禁不住有些發麻。

「王爺是不是誤會了什麼？」她睜著眼睛扯謊。「我……妾身向來都是最守禮的。」

戚游雙眸微斂，似乎記起了什麼舊帳，突然說道：「妳的話，我卻不知道可不可信。」

「嗯？」曹覓瞪大了眼睛。「王爺這話是什麼意思？難道我還欺瞞過王爺不成？」

雖然因為穿越的事情，確實糊弄過一些理由，但這種事她可不會平白承認。

「沒有嗎？」戚游挑唇，嘲諷一笑。「兩日前，妳不就還欠著我一樣東西？」

「兩日前？」循著這個關鍵字，曹覓開始回憶。

兩日之前，正是她帶著戚然被面前男子接入昌嶺的時候。那時候她只顧著戚瑞和戚安，哪裡與戚游結下梁子了？

曹覓沈默了半晌，沒有想到任何一點線索。

戚游趁著這個時候，三兩步走到她身邊。「想不起來了？王妃當真是健忘。」

曹覓抿了抿唇，並不願意接下這個「罪名」。「還請王爺提點。」

戚游聞言，朝她身後看了一眼。

曹覓只聽到背後傳來窸窸窣窣的聲音，是跟著的僕役婢女們被北安王一個眼神斥退時發出的聲響。

她還沒反應過來，戚游突然伸手將她一拉。曹覓踉蹌兩步，與他一起跌入旁邊樹蔭下的陰影中。

溫熱的唇瓣輕輕擦過她的面頰，接著是響在耳邊的低沈男音。「想起來了嗎？」

北安王妃整張臉紅成了熟透的蝦子，所幸夜色昏暗，幫忙遮掩了一二。

曹覓有些窘迫，又實在不知道該如何應付目前的情況——

這北安王竟真的小氣如斯，就連幾天前，她與孩子們的一點親臉遊戲都要計較！

「那是我，咳，是妾身與三個孩子的……玩笑。」她結結巴巴地解釋。「並不是，一定要……回親的。」

「嗯，他們三個是特殊的，本王就不需要顧及了，對嗎？」戚游又問。

曹覓摸不準他是什麼心情，但自己是死活不敢抬頭確認的，只能囁嚅回答。「也……也不是，就是……玩笑嘛……」

「嗯，我知道。」戚游在她頭頂笑了一聲。「一個玩笑騙了本王兩次。兩日前一次，方才為了『提醒』妳，又一次。」

曹覓嚇了一跳，生怕他真的計較起來，抬頭看著他，搖了搖頭。「不是。」

「不管怎麼說……」戚游掐住她的下巴。「總該有點補償的，對吧？」

曹覓尷尬地扯了扯嘴角。「你……」

話還沒說完，氣勢凌人的北安王已經低下頭，將雙唇貼了上來。

北安王妃未能出口的話被他堵回了喉嚨，唇齒間卻又被另一種溫軟填滿。

被遮擋的月色，擾人心煩的熱風，震耳欲聾的心跳，身邊人的體溫和氣味，昌嶺的夜色漸濃。

按照計劃又在昌嶺小住兩日，七月時一個明媚的清晨，曹覓帶著三個孩子啟程回王府。

回到康城，已經是金秋八月。

眼見家中沒有什麼亟待處理的事情，三個孩子已經回到林以那邊繼續學業。曹覓找了個時間，又往容廣山莊跑了一趟。

田裡大片的莊稼閃著青黃色的波浪，與旁邊的河流相映成趣。

為了準備即將到來的搶收時節，北寺帶著人輪班地蹲守在田裡，不敢有絲毫怠慢。

聽到曹覓過來的消息，他才急忙從田裡趕來迎接。

兩人說完了最緊要的秋收事宜，她嘗試將話題引導到紅薯和玉米這邊來。

即使出門在外，新作物依舊是她最掛心的東西。

在她讀過的那本以戚瑞為主角的書中，盛朝在不久的將來會遭遇好幾場自然災害，導致民不聊生，路有餓殍。天災將這個積弊已久的朝廷種種不堪暴露出來，原本就瘡痍滿目的王朝會因為此次動盪，走向覆滅。

這就是戚瑞和戚安後來會不顧忠義，自己擁兵稱王的其中一個導火線。

曹覓只隱約記得，這些災難發生在戚瑞年少時，直到他弱冠之前才有所好轉；但到底是什麼時候開始的，也不知道是曹覓沒記住，還是書中根本沒有明說。

但這些並不重要，曹覓只需要確認——盛朝如今苟延殘喘的模樣連老天都看不下去了，而她作為一個凡人，需要在天災來臨之前囤好足夠的糧食，建起足夠高的圍牆，將自家幾個小公子保護好。

而高產的紅薯、玉米，以及她接下來準備找由頭偷渡出來的馬鈴薯、南瓜這些，儼然成了她目前僅能抓住的救命稻草。

北寺聽了她的詢問，答道：「新開闢的田中，那些植株長得……應該還算不錯。」但是他仍舊苦惱一件事，甚至請罪道：「王妃恕罪，許多植物的模樣不如人意，恐怕……恐怕沒有達到王妃的預期。」

曹覓只是笑了笑，挑著自己最關心的重點問：「之前擴種的那批『藤條』……嗯，長得怎麼樣？」

說到這個，北寺的臉皺成了一團。

「小人們按照王妃的吩咐培育，擴種的『藤條』都長得極好，只是不知道為什麼，那些藤條一直是那個模樣，絲毫沒有要開花結果的樣子！」

「那就好。」曹覓鬆了一口氣。

這紅薯要是被種得開了花，只能說明營養用錯了地方，下面的果實就難了。

北寺有些詫異地看過來，曹覓打著哈哈道：「我其實並不怎麼喜歡花卉，那『藤條』青綠的模樣就很合我的心意。」

北寺聞言，點了點頭。

曹覓便乘機道：「既如此，我們直接過去看看吧。」

北寺躬身應了聲「是」，帶著曹覓往田裡走。

到了紅薯田邊，入目果然是一片青綠，本來就極好種植的紅薯因為得到了妥貼的照顧，越發欣欣向榮。

曹覓稀罕地看著，彷彿已經看到了一筐筐的救命糧食，開始觀察起地裡的紅薯。

判斷紅薯的成熟其實比較簡單。如今已經是初秋，小部分紅薯植株已經出現了枯萎的情況，這說明它們已經接近成熟。只要等到了地上的藤蔓乾枯，紅薯就算長成了。這時候就需要及時收穫，免得紅薯果實留在土壤中被凍傷。

曹覓細細尋找了一下，果然被她發現一株早熟的苗子。那紅薯長在東邊的一個角落，藤蔓乾枯得比其他的都徹底一些。

曹覓指著它吩咐道：「既然快枯死了，恐怕也沒什麼用了，你們去把它拔出來，看看是不是根系受損了。」

第五十九章

進到田中的兩個農家漢子已經將整株紅薯拔了起來。眾人定睛望去，只發現這種地上藤葉樣貌不顯的植物，埋藏在地下的部分，竟是一個個表皮呈紫紅色的塊狀根莖。

兩個將它拔出來的農漢沒預料到這種情況，其中一個嚇得直接跌倒在地，甚至挪著屁股往後猛移了幾步。

曹覓強忍著喜悅上前查看，隨即在心中狂喜地喊了聲：成了！

「這東西，倒是跟『萊菔』有些類似……」北寺在旁邊喃喃道。

「萊菔」，是蘿蔔的古稱。蘿蔔很早就出現在中國，在盛朝，蘿蔔已經算是一種常見的蔬菜。

曹覓立刻順著他的話暗示道：「『萊菔』？也許這東西也能吃？」

北寺聞言，愣在當場。

畢竟他們從一開始，就是把這種藤條當成觀賞用的奇花異草在照顧，乍一聽曹覓說出「能吃」，眾人內心感覺都有些微妙。

此時，將紅薯拔出來的兩個農漢已將地上的紅薯植株撿了起來，呈到曹覓面前。

可能是由於拔出來的時間還是太早，這些紅薯個頭都不大，約莫是嬰兒拳頭大小。但是由於品種優良，果實結得極多，擁擠得一塊兒垂下來。

曹覓也不嫌髒，直接伸手將最大一個還沾著土的紅薯揪了下來。

摸到紅薯粗糙的表皮，她才有了些真實感。

曹覓喊來北寺吩咐道：「東西都弄出來了，北寺，你將它們煮了，找些動物試一下這果子有沒有毒吧？如果尋常家禽吃了無礙，再找幾個人，讓他們嘗試一下。如果這東西真的能吃，今年山莊就又能多出一種糧食了。」

曹覓身為現代人，當然知道紅薯是肯定能吃的，但這個時代的人沒見過這種東西，「試毒」的流程還是需要走一走。

北寺心中雖然有些驚詫，但還是按照曹覓的吩咐讓人下去辦事。

交代了紅薯的事情，曹覓又道：「另外，此次我還帶來了一種新的作物。」

「新作物？」北寺一時有些反應不過來。

曹覓點頭，將北寺領到自己院落中，指著車上幾株棉花。「就是這個。」

說起來，棉花對曹覓而言還是個意外之喜。

她從封平回來之後，意外發現自己不在的這段時間，一個之前受過委託為她尋找奇花異草的商人，居然從異國帶回了棉花。

「這種東西倒像是木棉。」北寺觀察了一會兒，得出結論。

曹覓笑了笑。「它的作用比木棉大多了……它可以像羊毛一樣，用來紡織。」

棉花是直到宋末才在中國流行起來的，在此之前，人們使用柳絮、蘆花來做棉被一類的填充物。而與棉花有些類似的木棉，因為不能用來紡織，作用有限。

如果說山莊中的紅薯解決了吃的問題，那棉花顯然就解決了穿的問題。

說著，曹覓為北寺介紹道：「你找些手巧的人，將這些棉絮裡的種子小心剝離出來，明年開春便安排種植，有多少便種多少，一定要多多生產。」

北寺一面點頭，一面也有疑問。「王妃，小人有一事不明。山莊中已經有了用不盡的羊毛，還需要費人力來栽種這個嗎？」

北寺的顧慮並不是全無道理，他當了這麼久的管事，深知將人力用在刀刃上的重要性。既然已經有羊毛了，幹麼一定要全力以赴去種棉花呢？

曹覓聞言，笑了笑。

光論作用，棉花與羊毛確實是可以相互替代的，但是……

「北寺，你有沒有想過，羊毛是戎族才能大量生產的東西？」曹覓詢問，兀自又說了下去。「對於咱們盛朝這些習慣從地裡面刨食的百姓來說，從土裡面長出來的東西，和從羊身上剃下來的，意義根本不可同日而語。簡而言之，種植棉花遠比養羊取毛，更容易在咱們盛朝的土地上推廣開來，讓普通的百姓獲利。」

北寺聽了這番話，驚訝得甚至合不攏嘴了。

「是小人目光短淺了。王妃放心，小人一定好生養育這些棉花，絕對不令王妃失望。」

曹覓這才滿意地點了點頭。

將山莊的事務處理完，她便帶著人準備回王府。但離開山莊還不到三里地，車隊突然被迫停了下來。

曹覓有些奇怪地打開了車窗。

此次隨她出來的，是戚六旁邊一個得用的副官，名喚齊滿。

齊滿來到曹覓的馬車旁，稟告道：「王妃，前面發生了一些小意外，附近的村民趕著的牛車陷進了坑中，堵住了去路，還請您稍待。」

曹覓點了點頭道：「嗯，沒關係。你找些人過去看看，能幫忙的便儘量幫幫他們吧。」

齊滿領命，自行到前面安排了。

過了半刻，他領著一個老人家過來。

在壽命並不長的古代，這樣鬢髮皆白的老者是很受人尊敬的。曹覓得了婢子的傳信，下了車與那老人家見禮。

老人家正是方才陷在路中那一夥人的村長，他們受到曹覓的幫助，離開之前要來道謝。

曹覓不敢受這樣一位老者的禮，輕輕避開了，只說道：「道路崎嶇難行，偶有波折是常事。出門在外本該互助，老人家不必多禮。」

老者又對著曹覓施了一禮。「多謝王妃出手相助。王爺和王妃心腸好，我們遼州的百姓都高興！」

兩人又說了幾句，老人家才在侍衛的帶領下離開。

曹覓回到車上，卻想起了一件頗為重要的事。

她的馬車是北安王府配備的，不僅外表華貴，裡面也裝飾得十分舒服。車廂底部墊著厚厚的羊絨毯，表面又有一層絲綢包著。馬車駛在這樣的泥土路上，只要穩當一點，她便不會感覺太顛簸。

但是這樣的路況對於普通人來說卻很吃力，她尋思著，也許該將眼光放得長遠一些，找個機會將康城附近的路面好好修繕一番。

所幸水泥已經被發明出來了，想要修路，其實並不難。

最重要的是先將康城到容廣山莊這一條路修出來，這樣一來，她自己往來王府和山莊的時間便能大大降低了。

光這一點，曹覓就覺得修路勢在必行。

她取出紙筆，將修路的事情記下，準備再看看有沒有其他需要考慮的地方。

與此同時，封平以北之地，一支盛朝人的商隊經過小半個月的跋涉，終於來到了拒戎城。

這座城池是當年太祖打下遼州北部地方之後，建起來的五座城池之一。這五座城池分別名為拒戎、抗戎、封戎、懾戎和震戎。但在它們被戎族奪回去將近五十年後的今天，已經失去了原本的名字。

沒有經過妥善維護和修繕的城牆，如今看來斑駁易碎，甚至比封平這個前朝就存在的關隘還要老。

眼窩深鼻梁寬的格爾正在與守城的人交涉。

「你們是阿勒族那邊的？」守城的將官詢問道。

格爾點了點頭，憨憨地笑起來。

將官朝商隊後面看了看。「怎麼還帶著好幾個盛朝人？」

格爾按照原本準備好的說辭，回答道：「哎喲，現在哪個戎族的商隊沒有幾個盛朝人奴隸？圖他們好用罷了。」

他邊說，邊暗中給將官手中塞了一小塊銀錠。

將官掂了掂，滿意地一揮手。「嗯，你們進去吧。注意規矩，別給我們找麻煩。」

格爾彎著腰恭敬道：「大人您放心，我一定好好約束他們！」

說完後，他招呼著後面的人，牽著馬車進了城。

三刻鐘後，這個商隊拐進城中一個偏僻的院落。

格爾上前，極有規律地敲了五下。片刻後，大門便從裡面被打開。

戚三探出頭，與格爾交換了一個眼神。

格爾帶著商隊，很快進入院落中。奴隸們將車隊收拾好，這才有氣無力地擠進一間破舊的小房間。

過了片刻，格爾和戚三提著一籃子食物走了進來。

留在房間外的戎人守衛們霎時提高了警惕，注意起周圍的風吹草動。

將門掩上之後，戚三將東西放到桌子上，朝著「奴隸」群行了一禮，口中道：「王爺。」

戚游擦了擦臉上的污漬，走了出來。

這一群人根本不是什麼尋常的商隊，而是北安王帶著親兵偽裝而成的。領頭的格爾是戚游手下統領那支戎族兵的統領，本身就是戎族人，因當年戎族王室的強征暴斂加入伐盛軍隊，被拋棄後得戚游所救，一直跟在戚游身邊為他效命。

戚游擺擺手，示意兩人起身。

「你們先到了半個月，如何？如今城中將官是何許人？兵力如何？」

戚三拱拱手，道：「屬下已經打探過了，城中的軍官是戎族王室左派一個小將領。城中兵卒不多，約莫五百餘人，但每個兵卒都配備著輕便的馬匹，靈活性極強。」

戚游若有所思地點點頭。「此處是距離封平最近的一座城池，只作望風之用。守在這裡的人不需要多，它們只要時刻關注封平的情況，一有動靜便回去報信即可。」

戚三笑了一聲。「戎族王室將地方打下來了，卻不能妥善經營，當真是暴殄天物。」

格爾補充道：「左派是主張與盛朝開戰的那一派，但這個城中的將領似乎並不太排斥盛朝人。」

戚三點點頭，答道：「守城的將領是一個貪財又惜命的人，早在我們到來之前，丹巴等戎商就將他『餵飽』了。是以他對著商隊的事情，一直是睜隻眼閉隻眼。」

思索了一陣，戚游又問：「城中可還有盛朝人？」

五十年前，戎族一舉打下了封平以北的地盤，當時淪陷的五座城池以及附近的盛朝村落中，並不是所有百姓都及時撤出來。

因為當時盛朝的無能，這些人只能在戎族的壓迫下苟延殘喘，淪為奴隸。

談起這個話題，氣氛明顯沈重些許。

戚三想了想，如實回答道：「有。但是這些盛朝人，多半已經成為了戎族人的奴隸；即使沒有，也只能淪落街頭做乞丐。而且五十年過去，這其中很大一部分人，甚至都不知道自己是盛朝人。他們雖然長著盛朝人的臉，卻只會說戎語，一直在戎族人身後討生活。」

「是嗎？」戚游冷冷笑了一聲。

戚三頷首道：「王爺，屬下猜測，這就是那些戎族左派會從遼州人販子手中購買盛朝幼童的原因之一。封平以北的盛朝人，約莫已經不能稱為盛朝人了。他們想培養探子，根本不可能從自家地盤上找。」

戚游點了點頭。

他沈思一會兒，喊來房中所有的人，吩咐道：「戚三他們已經在城中為我們築下了能安穩落腳的地盤，我們將以此為據點，在這裡停留半個月。這半個月內，第一，搞清楚此處的兵力布防具體情況，以及他們同上層聯繫的方式。第二，從城中那些沒有淪為奴隸的盛朝人下手，試探一下他們的態度。」

眾人壓低了聲音，齊聲答了一句。「是。」

第六十章

就這樣，戚游帶著人在城中潛伏了下來。

戚三的先行部隊為他們在城中鋪平了一些路，但戚游這些人仍舊需要做出商隊的模樣，在城中做買賣。

一日，戚游帶著戚三看守著他們放在街邊的貨物時，偶遇一個來討食的小乞丐。

小乞丐約莫十歲左右，身形極瘦，身上包著幾塊破舊的戎族皮毛，但布滿了泥垢的小臉上眉目清朗，儼然是一個盛朝孩子。

他把缺了好幾個角的碗伸到戚游面前時，戚游從懷裡摸出一塊還算完整的豆渣餅，掰出一小半分給他。

小乞丐似乎並沒有抱著要到食物的期待，得到豆渣餅時愣了一瞬，抬頭看了戚游一眼，一溜煙地跑掉了。

過了一陣，他帶著人又回來了。一群小乞丐擠在街角處，對著戚游和戚三的方向嘰嘰喳喳說著話。

戚游和戚三一直默默注意他們，確認這些人都是盛朝面孔。

片刻後，小乞丐們似乎商量出一個章程了，派出隊伍中兩個年紀最小的孩子，又上前來討食。

戚游想了想，並沒有拒絕，又從豆渣餅上掰了點下來。直到他和戚三懷中的餅只剩下不到四分之一，便不再施捨了。

畢竟他們如今的身分還是戎族商隊中的「盛朝奴隸」，即使可憐這些小乞丐，也要有個度。

接下來，一連三、四天，不管戚游和戚三出現在城中哪個角落，小乞丐們都能找到他們，上前要走他們七成的伙食。

戚游冷眼看著，只默默施捨，並不主動靠近。

幾天之後，小乞丐開始主動和他交流了。

那個一開始過來討食的孩子怯怯地看著高大的戚游和戚三，詢問道：「你們……你們也是盛朝人嗎？」

這句話是盛朝語。但更令戚游在意的，是「也」這個字眼。

如果不是這小孩有心機，至少證明在他們心中，更認同自己是盛朝人。

戚游不動聲色地點點頭。「當然，看我們的模樣就能猜出來，不是嗎？」

小乞丐笑了笑，似乎為自己正確的猜測而開心。

他小心地看了一眼他們身後裝滿東西的馬車，嚥了口口水。「你們是奴隸？」

戚游「嗯」了一聲。

小乞丐又說：「但你們不是城中原本的奴隸，你們是六天前進城的，跟著一個我們從來沒看過的戎族人。」

戚游和戚三對視一眼。

小乞丐這番話其實暴露了很多東西，戚游覺得自己之前可能小看了他們。

他點頭，解釋道：「對，那個商人就是我們的主人。」

「他們對你們好嗎？」小乞丐問。不等戚游回答，他又自己喃喃道：「肯定好……你們每天都有豆餅吃。」

旁邊，戚三的眼光暗了暗，出聲自嘲。「呵，有豆餅吃就是好的嗎？只能保證餓不死罷了。」

小乞丐抬頭看他。

從他瘦弱的小臉上，戚三恍然意識到，對於他們來說，「餓不死」就是一種「好」了。

小乞丐吸了吸自己的手指頭，又問道：「今天，還有嗎？」

戚游一邊從懷裡面掏豆餅，一邊不著痕跡地詢問道：「你們平時討得到東西嗎？」

小乞丐毫無心機地點點頭，回答道：「總是能找到一些吃的啊……不過這幾天你們來了，我們就吃得飽一點。」

戚游遞豆餅的手頓了頓。

此時，拐角突然出現一隊戎人的巡邏士兵，一看到公然站在街邊的小乞丐，便怒吼著衝了上來。

小乞丐嚇了一跳，趕忙逃走，但因為身量小，沒跑出幾步就被追上。

戎族兵卒把他教訓了一頓，扔進了旁邊的巷子裡。回頭時，還狠狠警告了戚游和戚三一頓。

戚游抿著唇，面上看不出任何情緒。

過了一陣，戎族兵們離開之後，他讓戚三望風，自己走進了那條小巷子。

方才被踢打了一頓的小乞丐已經坐了起來，正在舔著身上的傷口。他聽見腳步聲，嚇了一大跳，見到來人是戚游之後，才又安定下來。

戚游把手中一整個豆餅都遞給他。

小乞丐有些驚訝，但生怕戚游反悔一般，猛地將整個豆餅揣進了懷裡。

戚游皺著眉問了一聲。「受傷了嗎？」

小乞丐睜大眼睛，搖了搖頭。「沒事，我都習慣了。」

戚游喉嚨動了動，又問了一句。「你們……難道就一直活在這樣的威脅中？」

小乞丐眼含疑惑地抬頭看他。

就在戚游覺得自己有些傻，這些乞丐根本什麼都不懂的時候，那小乞丐笑了笑，道：

「嗯，以前是。但是……我們馬上就要逃走了！」

戚游的腳步頓住，有些不敢置信地看著他。

「你是戎商手下的奴隸，那你知道昌嶺嗎？」戚游還沒回過神來，小乞丐又小聲問道。

戚游抿了抿唇，點了點頭。「嗯，我們就是從那邊來的。」

聽他這樣回答，小乞丐甚至顧不上身上的傷痛了，三兩步跑過來。「昌嶺那邊怎麼樣？怎麼會允許塞外的人進去？」

戚游轉頭看他。「你們想逃到昌嶺去？」

小乞丐堅定地點了點頭。

戚游嘴角微彎，又問：「這種大事，為什麼要告訴我？」

小乞丐瞪大了眼睛，回答道：「你不是壞人。」

他邊說，邊揣緊了懷裡的豆渣餅。

戚游正想說些什麼，卻聽到外面傳來戚三的呼喚。他知道事情急不得，便對小乞丐說了聲。「我得走了。」

小乞丐並沒有出聲挽留他，只呆呆站在原地目送他。

「我們商隊會在五天之後離開。」戚游邊走，邊回頭說了最後一句。「你如果想知道昌嶺的事情，可以再來找我。」

離開巷口前，他看到小乞丐微不可察地點了點頭。

過了兩日，小乞丐果然又來了。

他沒有問什麼，而是借著從戚游手中討豆渣餅的時候，小聲問道：「你晚上能出來嗎？」

戚游有心想試試他們的底細，便點點頭。「可以。但是我不能離開太遠，只能在住的院子附近轉一轉。」

他甚至沒有說清自己住的院子在哪裡，小乞丐就繼續說道：「那，今天晚上，你要是聽到五聲狗叫，就出來找我。」

戚游點頭應下了這件事。

小乞丐很快就溜走了。當天夜裡，戚游果然聽到了狗叫聲。

彼時，戚三正坐在他身邊，一臉凝重地詢問道：「王爺，真的不需要屬下跟您一起過去嗎？」

戚游起身，邊收拾邊搖頭。「他們很機敏，消息又靈通，你們跟著一起去了，恐怕會把他們嚇跑。」

戚三抿了抿唇，不甘不願地沈默下來。

狗吠聲並不是固定在一處，小乞丐那邊的人似乎能監視到戚游的行動，每次等他靠近，便會開始移動，引著他朝西邊去。

戚游耳朵靈敏，原本可以直接循著狗吠聲過去，但是他在附近多繞了一些路，裝出費了一番勁才跟上的模樣。

最後，狗吠聲將他引到西邊一處破落的院子。

戚游從塌了一半的院牆翻進去，就看到小乞丐和另一個成年人縮在院子的一角。

他注意到那成年男子雖然衣裳破舊，但總算能蔽體，似乎並不是同小乞丐一樣的乞討者。

小乞丐見到他，眼睛一亮，喊道：「你來了！」

戚游點點頭，鎮定地靠近他們。

成年男子站起來，隨後一拱手，朝著戚游做了一個簡單卻標準的盛朝禮儀。

「我叫張望鄉，冒昧讓小弟請你出來，叨擾了。」

戚游回了一禮。「無礙。」

張望鄉又問：「不知該怎麼稱呼？」

戚游為了進入塞外而捏造了一個身分。「我姓于，他們都叫我于七。」

「于」是遼州邊境最常見的幾個姓氏之一。張望鄉點了點頭。

簡單地互相了解過後，他們談起正事。

「知道于兄弟你時間也不多，我就不隱瞞了。」張望鄉嚥了一口口水。「我們想了解一下昌嶺那邊的事情。昌嶺那邊允許塞外的人進出了，是真的嗎？」

深秋時節，天氣已經轉冷，幾人即使靠在破舊院落的擋風處，依舊有些冷得受不了。但張望鄉在寒冷之餘，似乎隱含著一些緊張。

戚游點了點頭，解釋道：「幾個月前，昌嶺那邊開了一個市集，每月初一和十五開放。在這兩天裡，所有通過檢查的，不管是盛朝人還是戎人，都可以進去市集貿易。」

「怎麼做可以通過檢查？」張望鄉急急又問道。

「具體的我也不清楚，但是似乎只要是沒有攜帶危險的兵器，貨物也沒問題的人，就可以進去吧。」

張望鄉聞言，嘴角微微勾起。

「你們想透過昌嶺回到盛朝？」戚游想了想，主動問道。

張望鄉也沒隱瞞，道：「嗯，知道昌嶺的事情之後，我們便一直在想辦法逃回去！」

在戚游開放昌嶺之前，邊境各個城池是不允許塞外的人進出的。當然，丹巴那些商人有自己的管道，但想來就是張望鄉這些人接觸不到的了。

戚游頓了頓，潑了一桶冷水。「昌嶺市集關閉之後，市集上的人從哪裡來的，就必須回哪裡去。你們要從昌嶺回去，恐怕並不容易。」

小乞丐驚訝地「啊」了一聲。

張望鄉想了想。「那……那可以留在城中嗎？阿弟這些人，留在昌嶺乞討也是可以的。」

戚游搖了搖頭。「不知道。或許可以，或許不可以。」

聞言，兩人面色開始凝重起來。

戚游趁這個機會問起自己心中的疑問。「你們在這個城池住了很久吧？反正昌嶺不能過去，你們先繼續留在這裡就可以了。我可以回去幫你們打聽打聽，等過兩個月，我的主人再回這裡做生意，到時候我再跟你們說。」

張望鄉看了看他，隨即搖搖頭。

他咬著牙，似乎在掙扎什麼，好半晌後，才搖搖頭。「不行，我們沒有時間了。」他抬起頭，目露懇求地看著戚游，但語氣卻是不抱希望的。「你能幫幫我們嗎？」

「怎麼幫？」戚游反問道。

「我們有一群孩子……」張望鄉摸了摸旁邊小乞丐的頭。「我們想把孩子們送回盛朝那邊。」

戚游在心中輕笑一聲。

從小乞丐約他出來的那一刻，他就知道這群人的目的根本不是單純地探聽昌嶺的消息。如果只是想打聽消息，根本不需要費勁安排這一趟。向他求助，才是張望鄉以及背後之人的打算。

從張望鄉越說越小的聲音中，戚游猜測，他們可能真的已經到了走投無路的時候，才會觀察他不過短短幾天之後，就冒險地將計劃透露給他。

但戚游沒有正面回答，反問道：「七、八天前有一夥人逃了出去，聽說還沒跑出一里就被戎族的兵卒追上，就地格殺了。那些人就是你們的人？」

張望鄉驀地一抖，隨即艱難地點點頭。

戚游又問：「你們為什麼一定急著走呢？」

張望鄉愣愣地看著戚游。他發現這人在面對這種事情時，並沒有神色大變，或者急著拒絕。

意識到什麼，他斟酌了幾息後，又開口問道：「你真的有辦法幫我們……是不是？」

戚游也不隱瞞了。「是。」接著，他強調道：「但我總得知道你們想幹什麼。如果你們……我會很麻煩。」

張望鄉似乎抓住了一點希望，說道：「好，我跟你說。一個月後，有一個大人物要到城裡來。那個大人物似乎很討厭盛朝人，城中的守將想要做一次『大清除』，將城中所有非奴隸的盛朝人都殺掉。」

戚游皺起眉頭。這幾天，他的人也在城中查探消息，可是張望鄉口中說的內容，他們完全沒有得到任何風聲。

「怎麼可能？」戚游佯裝嘲諷道：「之前街上有戎族士兵看到了他，但並沒有趕盡殺絕。」

他用眼神示意了一下小乞丐。

「對。」張望鄉點點頭。「因為守將還沒有頒布命令，但是應該快了。過幾天，就算你們這些商隊不離開，他也會直接下令驅趕，然後開始、開始……」

後面的話消失在北風中。

戚游的眼神變得越發幽深。

小乞丐這群人比他想的更有能耐，他們竟然能夠得到還沒有發布的消息。

「所以呢……」張望鄉又問道：「你能幫我們嗎？只要將他們送出去就好。」

戚游抿了抿唇，沈默了片刻，又道：「可以。商隊的貨物這陣子已經賣出去不少，車上有許多空箱子。目前這些空箱子可以運送約莫二十個成年人，若是換成小乞丐這樣的孩子，則可以裝更多。我聽說昌嶺的駐守武將是個好人，如果你們能到昌嶺找到他，或許能夠求得庇護，甚至能直接進入遼州也說不定。」

張望鄉聞言，驚喜得瞪大了眼睛。「真的嗎？謝謝您、謝謝您！」說著，他竟帶著小乞丐磕起頭來。

「你不用這樣。」戚游將他拉了起來，說出自己的要求。「我可以幫你們，但不是沒有條件。」

「你想要什麼？」張望鄉愣了愣，隨即窘迫地扯了扯自己的衣角。「我們很窮，但是如果——」

「我要見你們幕後的人。」戚游打斷他。「我總得知道我幫的人是誰，你們是不是真的只是想回盛朝，而不是什麼奸細。」

「你……」張望鄉一噎，直愣愣地看著他。

小乞丐攀住戚游的手臂，抗議地喊了一聲。「我們不是奸細！」

戚游輕輕甩開手，冷冷道：「我們大後天就會離開，你們考慮之後，再過來找我吧。」

說著，他便轉身，準備離開。

但他沒走出幾步，就被張望鄉喊住了。「等等！」

戚游停住腳步。

張望鄉咬著牙。「不用等了，我現在就可以帶你過去見他。」

第六十一章

張望鄉將戚游帶到一個偏僻的拐角處，囑咐他在這裡稍待，便帶著小乞丐隱入了黑暗中。

幽寂的夜色中，偶爾幾聲不知從何處傳來的鳥鳴，是唯一能撕開這片壓抑的缺口。

戚游以手抵唇，乾咳了兩聲，回應了戚三等人發出的信號。

鳥鳴便轉為振翅的聲響，倏地飛遠了。

戚游安靜下來，開始觀察周圍的環境。

來到拒戎的這幾天，雖然還沒打聽出確切的兵力布防，但是城中的地形卻已經被他們摸清楚了。

所以戚游知道，此時自己所在的位置，距離城中戎族最高將領府邸只隔著兩、三戶人家。

他有了大概的猜測，心中便安定下來。

過了約莫兩刻鐘，張望鄉又回來了。

他領著戚游，往前繼續走。

伸手不見五指的暗夜中，只能聽到自己和前面人的腳步聲，換作尋常人，恐怕只能蒙頭跟著，半點旁的心思都生不出來。戚游卻能分辨得出，張望鄉帶著自己在繞圈。

兩人走了三刻鐘，張望鄉終於停了下來。

他在一所院落的偏門處敲了敲，很快便有人開了門，將他和戚游迎了進去。

緊接著，戚游被送進一個小廂房內等待。廂房中沒有點燈，但他能感覺到房中暗處藏著兩個人。

他不動聲色，借著月色找了張凳子坐下。

這次沒等多久，便有人推門而入。

張望鄉跟在一個裹著披風的人後面，進了屋後又將房門闔上。兩人就停在門口，並不上前，將自己隱在死角。

「于七兄弟？」披風下的人開了口。

那聲音有些微的沙啞，但明顯是個女子。

戚游並不驚訝，來到這附近時，他便隱隱有所猜測，如今不過是得到了證實。

如今擺在他面前的有兩種選擇。第一種是裝出一副驚訝的模樣，繼續扮演一個沒什麼能耐的普通奴隸。第二種則是不偽裝，稍微暴露自己的身分……

他聲音平靜地回應道：「是。閣下如何稱呼？」

披風女子似乎愣了愣，隨後道：「你可以叫我柯夫人。」

「柯夫人。」戚游朝著她拱了拱手。

柯夫人輕吐了一口氣，沒有耽擱，與他攤牌道：「事情我都聽望鄉說了。于七兄弟，我很想知道，你身為一個戎族商人的奴隸，如何敢承諾能將我的人送出去？」

戚游想了想，回答道：「商隊中有許多盛朝奴隸，我們一直就是負責管理車隊中的貨物，彼此都熟悉，我如果決定要救人，他們不會反對。而且我的主人出入都會賄賂城門的守衛，守衛一般不檢查後面的箱子。只要不是運氣太差，未必不能將人安全送出去。」他停了停，又道：「我雖然不能承諾將人直接送到昌嶺，但是送出城去還是有把握的。」

柯夫人點了點頭。她的人這幾天也一直在觀察著戚游的商隊，知道他口中的辦法並非空談。

戚游便問道：「所以，妳到底是什麼……」

話還沒說完，一直站在原地不動的柯夫人突然從披風中伸出手，露出捧在手心的一個木匣。

她上前幾步，將木匣放到了戚游旁邊的桌子上。

也就是這時，戚游才看清了她的容貌。

柯夫人長得並不算絕色，但皮膚細膩，一雙桃花眼微微上挑，眼下一粒桃瓣似的紅痣，明明面無表情，也平白顯露三分媚態。

她將木匣打開，匣子中裝的是幾件女性的飾品。

戚游粗粗掃過一眼。

他對女子的飾物並沒有多少了解，但也知道木匣中的東西價值不高。至少其中沒有任何一件有資格擺上他家王妃的梳妝檯。

「一點小心意……」柯夫人柔聲道。她也不是全無心機，轉而又道：「這些，就當作我們事先交給于七兄弟的訂金。剩下還有兩件真金打造的金釵，我放到小乞兒那邊。于七兄弟只需要將他們送出城去，找個機會放他們離開，臨走之前，他們中自會有人將金釵交予你。」

戚游蹙了蹙眉。

這群人似乎根本沒有同他攤牌的打算，此次叫他過來，竟是想要用金錢收買他。

「我本就打算幫你們。」戚游嘗試解釋。「即使沒有這些，我也願意將那些孩子送出去。我來這裡，只不過——」

「是，我知道。」柯夫人再一次打斷了他。「其實我早發現了，就在方才你對我女子的身分毫不驚詫的時候。那些孩子還小，果然看走了眼。」

戚游皺起眉頭。

柯夫人這番話顯然看透了他的有意暴露，但她的行為卻令向來正直的北安王有些摸不著頭腦。

只見這個女子絲毫沒有坐下來好好談的打算，反而朝著張望鄉使了一個眼色。張望鄉攥了攥拳頭，轉身直接出去了。

接著，柯夫人解下了身上的披風。

屋內雖然沒有點燈，但塞外秋月尚算清朗，曖昧的月色下，女子修長的脖頸和光潔的肩膀一點一點隨著脫落的披風顯露出來，竟是比月光還要皎白。

披風之下，柯夫人只著了一件裡衣和長裙。

戚游在她剛解開披風的繫帶時，就察覺了她的意圖，皺著眉別開了眼睛。

柯夫人見他這般模樣，嬌笑一聲。「于七兄弟看起來應當年過弱冠了，怎麼如此羞澀，難道還未開過葷嗎？」她朝著戚游走過來，伸手就想抱住他的手臂。「我知道錢帛於你或如浮雲，但這女子的好啊，你恐怕還未嘗明白……」

戚游一個轉身，避開了她。

柯夫人也不知道他是怎麼動作的，轉眼間，戚游已經越到她後面去了，接著，她便被自己方才脫下的披風罩了個嚴實。

「妳不用對我使這一套。」戚游冷冷的聲音響起。「如果這就是妳讓我過來的目的，那我們沒有什麼好談的了。」

他說著，轉身向外走。

柯夫人急了，連忙將披風從頭上扯下來，喊道：「你等等！」

戚游停住了腳步。

柯夫人有些氣急，站了起來將披風重新繫上，怒道：「錢和人我都能給，你到底還有什麼不滿？是嫌棄錢不多，還是嫌棄我不乾淨？」

戚游直接說出自己的意圖。「我來這裡，只是想了解一下拒戎城中將領的情況，以及你們是不是能一直搶先得到可靠的消息。」

柯夫人聞言皺眉道：「你想知道這些做什麼？」

或許是見利與色都沒有用，她的聲音轉而哀切。「你我同樣都是辛苦在戎族手下討生活的人，我經營這麼久，也只能偶爾探聽到一些關乎自身的小消息。這不過是一點用於維生的小手段，哪裡值得你百般逼問？」

「小手段？」戚游敲了敲桌子。「妳幾乎能掌握所有進出城的商隊消息，記住他們手下的每一個人，又能提前獲知府中最高將領的決策……這些在妳眼中，只算是小手段嗎？」

柯夫人愣了愣，隨即反問道：「不然呢？小乞兒們討食艱辛，如果不事先打探好每一支商隊的脾性，就要吃苦頭。他們當然得好好盯著這邊了。」

「妳覺得這些東西沒用？」戚游嗤笑一聲。「這就是你們經營這麼久，卻連送一批乞兒出去都束手無策的原因？」

柯夫人聽出這話是在諷刺她，咬著牙道：「你到底是什麼意思？在這種地方，長著這樣一張盛朝人的臉，天生就比戎人低個三分！我光是保住那些小崽子就花光了心思，你還想我做到哪一步？」

戚游看著她，半晌嘆了一口氣。

他點點頭，突然道：「說得也是……盛朝那些身為男子的將士，五十年來都毫無作用，妳一個女人能做到這種程度，已經足夠令人刮目相看了。」

柯夫人咬著牙，忍住已經到鼻尖的酸意，顫抖著問道：「你到底是誰？」

戚游沒回答，反而道：「我聽說城中將領有個極為寵愛的盛朝小妾，閨名喚作羅軻，我應該稱呼妳為『羅夫人』，對吧？」

羅軻愣了愣。

戚游又說：「所以妳知道城中的盛朝乞兒即將被屠戮，便想辦法準備將人送出去，可是之前你們失敗過一次，這才不得不病急投醫，將目光轉到我身上。」

羅軻冷哼一聲，閉了閉眼。「看來我又錯了一次。」

「不。」戚游看著她道：「這一次，妳賭對了。」

「你……」羅軻抬起眼來，看著戚游道：「你究竟是誰？想要幹什麼？」

「你們在這種情況下將他們都聚集起來，還保全住他們，本事應當是有的。」戚游只道：「但妳的眼界太小了，明明已經掌握了各方的消息，卻從來沒有想過更好地利用它們，為自己謀利。」

「呵。」羅軻冷哼一聲，目光變得冷寂。「你說起來倒是容易……怎知我早沒有嘗試過？」

戚游看著她。「那妳願意再嘗試一次嗎？」

羅軻抹掉眼角滲出的淚花，道：「我還有選擇的餘地嗎？你想要我們怎麼做？」

戚游緩緩道：「那些孩子我會負責送到遼州，給他們找到可以安頓下來的地方。妳和妳手下的人，在拒戎城被收復之前，留在城中幫我收集相應的消息。當然，我的人會留下來接應，必要時候保證你們的安全。」

這句話中的訊息太多，羅軻一時愣在了當場。

好半晌後，她愣愣問道：「拒戎城……被收復？」

突然，她控制不住地大笑了起來，笑得東倒西歪。「要……要花多少時間？我下輩子能看到嗎？」

戚游輕吐出一口氣，道：「最遲三年。」

羅軻停下了笑聲，不可置信地看著他。

戚游知道她聽懂了，轉頭朝外面喊了一聲。「戚三。」

接著，在羅軻不敢置信的目光中，三個男子破窗而進。

戚游道：「也讓妳的人出來吧，我們重新談一談。」

羅軻身體一震，驚疑不定地看著突然冒出來的幾個人。

回過神來後，她似喜似悲地哼了聲，終於還是聽從戚游的吩咐，將張望鄉和原先藏在屋裡的兩個人喊了出來。

直到東邊泛起亮光，一夜無眠的戚游帶著戚三準備先回去，繼續扮演好奴隸的角色。

「沒想到一群乞兒竟能引出這樣的勢力。」戚三跟在戚游後面，語氣十分輕鬆。「我們之前還在苦惱城中安插不進人，如今卻能得到這樣的助力，當真是天助王爺！」

但戚游的面色並不好看，悶頭走在前面。

戚三察覺到他的不悅，有些詫異地問道：「王爺？您是覺得他們……有問題嗎？」

戚游搖了搖頭。

兩人繼續悶頭走著，好半晌，他突然壓低聲音，朝著戚三沒頭沒腦地問了一句。「我看起來……像沒開過葷的模樣？」

戚三一愣，立即道：「怎麼可能？那羅軻以色侍人慣了，王爺無須同她一般見識。您與王妃關係和睦，膝下已經有三位文武雙全的小公子，怎麼可能是她說的那樣？」

戚游皺起眉頭，算起自己上次「開葷」的時間。

倏地，他冷冷笑了一聲，直接將這筆帳記到了曹覓頭上。

又過了幾日，在拒戎城的城門處，格爾將一袋準備好的銀錠子送到守城士官的手中。士官掂了掂袋子的重量朝格爾一笑，手一揮，示意他們直接離開。

戚游拉高了衣領遮住自己的口鼻。

他牽著馬，緩緩地跟隨前面的人，步出拒戎城。

往西邊走出將近三里，他們改道向南，往昌嶺的方向移動。

天色暗下來後，戚游敲了敲馬車上一個木箱。

藏在木箱中的小乞丐將蓋子微微打開一條縫，露出眼睛往四周打量了一陣，發覺沒什麼危險，這才將蓋子完全掀開。

戚游等在車下，將他和另外幾個藏在箱子中的孩子接下來。

「窩了一天了，難受嗎？」他邊把小乞丐們放到地上，邊詢問道。

小乞丐搖了搖頭，動了動自己的手腳。「不難受。」

這個第一個朝戚游討食的孩子，是這群小乞丐的領頭人。拒戎城中的盛朝人一旦成了年，要麼就被捉住充為奴隸，要麼就會被戎人打死，只有這些他們懶得處理的孩子才能活下來。

小乞丐還沒有取名字，張望鄉一直管他叫阿弟。

將這些人都接下來之後，戚游便帶著他們來到火堆邊，分給他們烤熱的麥餅和飲用的水。

小乞丐們靠在火堆邊，安靜地進食。

格爾過來，交給戚游一個手指大的小信筒。

他是典型的成年戎族漢子，髮根微鬈、眼窩深邃，小乞丐們很忌憚他。

格爾並不在意，甚至臨走前故意突然一個回身，張著自己的嘴朝他們做了個鬼臉。

坐在戚游旁邊的小乞丐們一個接一個地倒仰，嘴裡發出稀稀疏疏的叫喊聲。

格爾這才滿意了，撩了撩頭髮轉身走開。

戚游看過了昌嶺那邊送來的密信，便將布條揉了揉，扔進了前面燃著的篝火中。

阿弟朝他湊了過來。大概是戚游之前施捨過他們吃的，所以他們對著同樣人高馬大的戚游並不害怕。

「他也是你的手下嗎？」阿弟睜著一雙大眼睛問道。

戚游點了點頭，繼續翻烤著手中的麥餅。

阿弟朝他的位置挪了挪屁股。「他是個戎人。」

戚游看了他一眼，「嗯」了一聲。

「他是你的奴隸嗎？」阿弟又問。

戚游搖頭。「不是，他是我的手下。」

「戎人也能當手下嗎？」阿弟很奇怪，他似乎理解不了這樣的事情。

戚游頷首，嘗試解釋。「其實盛朝人和戎人沒什麼不同的，只要管理得當，任何人都可以成為手下。」

阿弟反駁地問：「那我阿哥他們也能當戎族人的手下嗎？」

戚游搖了搖頭，道：「戎人自大，沒辦法將盛朝人同等看待。這注定他們只能形成主奴關係，沒辦法真正收服人心。」頓了頓，他卻又補充道：「其實很多盛朝人也一樣。」

阿弟懵懂地咬了一口手中的麥餅。

「可是，阿姊說，戎人都是虎豹。」半晌，他又出聲。「你要小心那個戎人，他……他很凶！」

戚游扯了扯嘴角，朝著不遠處的格爾喊了一聲。「格爾，這裡離拒戎城太近，今夜還是你們隊伍來守夜，注意東北面的動靜。」

格爾點了點頭，行了一禮。「是，您放心。」

吩咐完後，戚游轉過頭對小乞丐說道：「虎豹也有所長，你如果因他們的獠牙利爪而退避，那也永遠不能借用他們的力量。」

阿弟縮著脖子，愣愣地點了一下頭。

第六十二章

這一趟歸程比戚游想像得更順利，他們在路上走了好幾天，一直沒有遇到什麼異樣的動靜。

這一天，他們來到阿勒族。

阿勒族中，張氏規劃的客棧已經開起來了，雖然客棧的模樣只是幾個樣式平平的戎族包，但也比在外面露天過夜要舒服得多。

風餐露宿了好幾天，戚游考慮到小乞丐們的狀態，決定在阿勒族休息一夜。

他們到時，十五的市集已過，阿勒族中並沒有什麼其他戎人。格爾去與阿勒族的人交涉，很快訂了三、四間屋子。

張氏領著人過來招待時，認出了隊伍中的戚游，但她十分聰明，驚訝過後很快鎮定下來，只把他們當作普通客人對待。

黃昏時，車馬都整頓好了，阿勒族的人為他們端來烤好的肉和煮好的羊奶。

格爾一出帳篷就聞見一股奇異的香氣，循著味道往前躥了兩步。

戚游還沒來，所有人圍在一堆不敢妄動，但都不約而同地盯著放在木桌上的食物。

格爾湊前一看，才發現那東西居然是塞外常見的烤肉。他嚥了嚥口水。「嘖，這是什麼味道？」

旁邊，一個手下回答道：「阿勒族那邊的人送來的，也不知道怎麼烤出來的，聞著太誘人了！」

「阿勒族？」格爾抓了抓臉。

張氏的丈夫還活著時，這些戎族漢子也經常聚在一起烤肉。回憶起這個，格爾有些疑惑。「我嚐過古戈的手藝啊，也就一般，他也沒提過族中有什麼好吃的東西。」

眾人搖搖頭，表示自己也不明白。

很快，戚游出來了。「吃吧。」

兵卒們得了許可，這才開動起來。

阿勒族的烤肉切得很大塊，這是戎族向來的習慣。而此時，插在木條上的烤肉外焦裡嫩，表面均勻地撒著一層薄薄的香料。

格爾剛咬下一口，讚嘆道：「好吃！」

香氣十足的烤肉配上戎族特色的鹹奶茶，吃得這些戎族漢子停不下嘴。

啃了好幾天豆餅、麥餅的小乞丐們也分到了一點烤肉，此時吃得滿嘴都是油光。

恰好，一個阿勒族的男子為他們送來第二盤肉，格爾抓著他詢問道：「欸，小兄弟，你們這烤肉怎麼做的啊？怎麼這樣好吃？」

他用的是戎族語，對方也用戎族語答道：「好吃吧？嘿嘿，這是我們阿勒族的秘訣，我們現在的客棧就是靠著這個打敗了其他部族，怎麼能告訴你們？」

格爾「嘁」了一聲。「真小氣！我知道，你們弄出來新的香料了是吧？在昌嶺集市交易到的？」

阿勒族的漢子搖搖頭。「當然不是，這種好東西怎麼可能在市集上輕鬆買到？」

「那是哪裡來的？」格爾有些迷糊了。

阿勒族男子笑了兩聲，不回答，徑直溜走了。

旁邊，戚三聽到了他們的對話，思忖片刻，不確定地說了一句。「這些東西……不會又是王妃那邊弄出來的吧？」

其實想一想，阿勒族如今的交易途徑也就兩條，如果不是在昌嶺市集，那便只能從康城那邊了。那個阿勒族漢子又說東西不能「輕易買到」，那便證明東西不是康城中可以隨意見到的。

按照這細節一推論，很容易就能確定他們的交易對象。

烤肉粉的提供者確實就是曹覓。

這段時間，回到康城的曹覓已經將幾種調料粉研製了出來，賣給開起了客棧的張氏。

一時間，除了小乞丐們，眾人不約而同都把眼光投向了默默吃肉的戚游。

戚游自然也聽懂眾人話中的意思，覺得戚三的推論不無道理，但如今他人在塞外，跟這些人一樣，根本不知道曹覓弄出了什麼東西，他身為人家丈夫，比他們還要委屈三分呢！

就這樣，明明是一頓美味晚飯，北安王卻吃出了憋悶。

一頓讓眾人意猶未盡的晚膳過後，戚游正打算休息，戚三和格爾卻找了過來。

三人叫了手下把風，找了個隱蔽的角落交談。

「羅軻已經確定了來人的身分。」戚三將紙條遞給了戚游。「準備到拒戎城的戎族，名義上是戎族一個親王佐以，事實上，王族如今聲望最高的繼承者大王子也會混在隊伍中跟著一起過來。之前昌嶺市集的事情，我們選擇與丹巴合作，砍斷了其他非法的交易路線。丹巴不是大王子那邊的人，此番舉動令大王子的利益受了極大的損失，於是他這次專程過來要想辦法解決這件事情。」

戚游點了點頭，轉向格爾問道：「以你對戎族王室的了解，他們會想要怎麼解決這件事情？」

格爾攥了攥拳頭，恨聲道：「大王子是個言而無信的殘暴小人！王爺，我猜測如今負責戍守靠近昌嶺這一塊區域的將領，並不都是大王子的人。他自己過來，很有可能是想要說服其他人，讓他們破壞我們如今的交易約定，重新讓邊境貿易成為亂局。這樣子，他的人才能夠渾水摸魚，重新從非法貿易中獲得大量的金銀。」

戚三皺了皺眉。「這就麻煩了。如果他真能說服這些人倒向他，只要戎族戍守在這個區域的人禁止塞外的人過來，或者攻擊來往的商隊，那麼昌嶺那邊的市集便難以維繫了。」

他知道昌嶺市集是戚游用半成軍餉為籌碼換來的，也知道軍隊每月能從市集獲得的巨大利潤，所以對威脅到市集存在的事情十分上心。

戚游冷哼一聲。「不能讓他的計劃得逞。」

戚三和格爾點點頭。

戚三想了想，直接提議道：「羅軻在信中說，大王子要過來的事情是保密的，戎族中都沒有多少人知道。也是大王子那一行快到拒戎城了，城中的將領才接到了消息。屬下覺得，我們應該去找丹巴。丹巴效忠的人不是大王子，他之前能同意交易的合約，知道了大王子的動向之後，想必也有辦法擺平這次事端。」

格爾皺著眉，補充道：「可能不太行。」

戚三看著他。「怎麼說？」

格爾搓了搓手，回答道：「我方才說過了，大王子是如今聲望最高的繼承人，他對盛朝極端仇恨，每次主張發動劫掠和戰爭的都是他。而且他性個瘋狂，喜歡做冒險的事情。這一次的事情能引得他悄悄過來，顯然是觸犯到他的底線了。如果他堅持要破壞邊境的交易，那麼丹巴那邊能做的事情，估計也有限。」

戚三聞言，抿著唇，不再說話了。

好半晌，戚游出聲道：「我們回拒戎。」

「啊？」戚三和格爾抬起頭來，詫異地看著他。

戚游冷靜道：「我記得老戎王手下有很多兒子，但如今只有大王子一個最得勢，對吧？」

格爾點點頭。

戚游扯起嘴角，道：「回拒戎，做出兵亂的模樣，伺機刺殺大王子。這樣一來不僅能阻止交易被破壞，也能讓戎族內部亂起來。」

戚三和格爾倒吸一口冷氣。

戚三先反應過來，肯定道：「王爺，這確實是一個很好的機會，但是太危險了！這件事，屬下領著格爾回去辦，您回昌嶺主持大局。」

戚游笑了一聲。「昌嶺如今有雷厲坐鎮，封平又有陳賀，不需要我特意回去。」見戚三還要再勸，他直接皺起眉，拍板道：「事情就這麼決定了。戚三，明天你派一個小隊先將那些小乞丐送回去，我們帶著車隊往回走，讓那些人將小乞丐送回去之後，再快馬追上來。格爾，你聯繫我們留在拒戎城中的人，讓他們和羅軻密切注意城中的變化，但不要輕舉妄動。這段時間不要再與這邊通信了，等我們回去之後再說。」

兩人見他主意已定，都不再勸，答了聲「是」，便轉身回去各自安排了。

一夜安眠之後，商隊離開了阿勒族，又在一處空地上分開了。

塞外的雪片都帶著鋒利的邊緣，像要把皮膚割出血似的。

戚游重新進入拒戎城後，發覺城中的守備比之前嚴格許多。

在城中等了兩日，他們終於又與羅軻取得聯繫。

格爾從外面回來，抖落一身雪花，打了個哆嗦，直接往戚游這邊走來。

「王爺，這是羅夫人那邊弄來的五套拒戎城軍裝和軍牌。」格爾遞出手中的包裹。「有了這些東西，我們就能混進守城的人群中了。」

旁邊的戚三接過包裹仔細查驗起來之後，格爾又從懷裡摸出一封信。「這是羅夫人送來的信。」

戚游點點頭，接過信件閱讀起來。半晌，他將信扔進面前的炭火爐中焚毀。

「大王子一行五日之內便能到，他就混在佐以親王身邊的親衛中。羅軻在信中說，她從守將口中打探出來的消息是，大王子最引人注目的特徵是一雙金黃色的眼。」

戚三道：「這倒稀奇。不過如此一來，也不怕找錯了人。」

戚游點了點頭，對格爾吩咐道：「軍服已經有了，你安排幾個人先混到軍中去，聽候安排。」

格爾領命。

戚游又轉向戚三，道：「之前我說過的戎文文書偽造好了嗎？儘快送到羅軻那邊去，讓她找個隱秘的地方藏起來。」

戚三點點頭。「王爺放心，我今夜就找機會送過去。」

戚游頷首，往面前的炭爐中又加了兩塊炭，瞳孔中映滿燒得火紅的脈絡。

第六十三章

東籬傾著身子，將窗戶關上，對著坐在榻上的曹覓道：「今冬這風雪真是熬人。」

曹覓笑了笑。「雪落下才小半個月，還未到真正熬人的時候呢。」她邊說，邊招呼東籬。「東籬，妳過來，試試周雪她們新製出來的『白玉膏』。」

東籬眼睛一亮，湊近曹覓指尖聞了聞，道：「好香！」

曹覓笑了笑，將指尖挖出來的一小坨白玉膏抹在東籬面上。

這個時代，女子化妝用的還是鉛粉朱砂這類重金屬，她自己知道重金屬的危害，從來不用這個時代的化妝品，也嚴禁身邊的婢子們使用。

有時候，待客時，那些世家夫人見她素面朝天，以為北安王不在府中，王妃無心打理自己，還總要勸說上一、兩句。

只有曹覓知道，自己只是惜命罷了。

她也曾提點過那些世家夫人，但收效甚微，一些深植於骨子裡的習慣，可不是曹覓幾句「朱砂有毒」就能改變的。

她說了幾次，自覺無趣，也不再提起了。

這段時間，恰好周雪等女夫子有空，她想起了這事，把化妝品和護膚品當作一個課題，讓她們有空琢磨琢磨。

這兩者混在其他一眾實用的課題中，曹覓原以為不會那麼快有進展。但她低估了女性對於美的追求，周雪這群人硬是優先將化妝品和護膚品弄了出來。

曹覓雖然覺得有些無奈，但此時正值寒冬，前幾日府中三個孩子在外面玩了一天，皮膚和嘴唇就有了乾裂的現象，她只能感嘆這東西也算來得及時。

「這一瓶妳拿去，先與桃子她們一起用。」她把手上的小瓷瓶給了東籬。「周雪那邊還在琢磨著大量研製的事情，等新的做出來了，我再給妳們每人一瓶。」

東籬接過瓶子，落落大方地行了個禮，欣喜笑道：「謝王妃賞賜。」

她貼身伺候曹覓許久，知道曹覓的脾氣。曹覓有好東西總不會忘了她們這些婢子，東籬這些女孩在主僕情誼外，也念著曹覓的好。

曹覓笑了笑。「妳去看看幾個公子下學了沒，將他們帶過來。」

東籬點點頭，轉身下去辦事了。

很快，戚然當先一個衝進了屋子裡。

「娘親！」他直接撲到曹覓的膝上，仰著頭問道：「娘親，今天有蜂蜜塗嗎？」

前日他嘴唇起了皮，曹覓便讓下人用蜂蜜給他抹唇。天然的蜂蜜對於嘴唇的乾裂很有效，薄薄塗上一層，十幾分鐘內便能見效。

但是這種事到了戚然身上就有些難以控制了。蜂蜜味道甜，塗上他的嘴巴，轉眼就要被他全部舔掉。

曹覓點了點他嘴唇，道：「沒有，你都好了，還塗什麼蜂蜜？」

戚然嘟著嘴，似乎有些不開心。

後邊，戚瑞和戚安也趕了過來，曹覓摸了摸兩人的手掌，問道：「從書院那邊趕過來，冷嗎？」

戚瑞搖搖頭。「不冷。」

曹覓把正在榻上瞎撲騰的戚然抱進懷裡，笑著朝三人道：「今日是秦家大公子十歲的生辰宴，我們收拾一下，便得準備啟程到秦府去了。」

戚安興致缺缺。「秦府？一定要過去嗎？」下雪了，天冷，他還是更喜歡窩在家中。

「往日城中世家的邀約，能推的我都推了，總不好一直拒絕。」曹覓道：「而且我們並不多留，只待一陣就回來了。」

戚瑞在旁邊點點頭，道：「父親有意扶持，秦家如今已經是遼州的參政掌事，娘親確實不好總是迴避他們。」

他這話一出，曹覓和雙胞胎都朝他看了過去。

「大哥，你怎麼知道？」戚安詢問道。

「此前父親曾送過來幾本名冊，讓我記下。」戚瑞如實以告。

戚安的嘴噘得老高。「哼，怎麼我就沒有？」

戚瑞直接道：「你還小呢，父親信中還特意囑咐說，不要給你和三弟看。」

王府二公子有些憤憤不平地皺著眉。

曹覓把他抱過來，安撫道：「安兒，我記得你和然兒還在跟林夫子學字對吧？」

戚安不知道她為什麼要問這個，聞言點了點頭。

曹覓便笑道：「那你知道方才瑞兒口中的『參政掌事』是個什麼官職嗎？」

戚安搖了搖頭。

「你大哥是因為已經明瞭朝中各種官職，你們父親才會給他看這些啊。」曹覓嘗試安撫他。「其實娘親也贊成你父親的做法。那些名冊我確實可以給你看，但因為你連基礎的官職都未接觸過，很容易給自己造成混亂。學識就跟食物一樣，都要循序漸進地吃透，明白嗎？」

戚安這樣早熟的孩子，用「年紀小」這種理由糊弄是行不通的，甚至很可能激起他的叛逆心。好在他是願意講道理的，曹覓從來便有耐心，願意與他剖析清楚。

果然，聽到曹覓的解釋，戚安點了點頭，重新回到戚瑞身旁站好，臉色也好上許多。

曹覓笑了笑，瞥了一眼旁邊聽他們說話的戚然。

戚安算是個案，像戚然這樣的正常孩子，還巴不得少唸一點書呢。

曹覓取過旁邊一瓶白玉膏，道：「來，我幫你們抹一點面膏，待會兒外出之後就不會像上次一樣，把臉都吹紅了。」

三個孩子乖巧地點了點頭。

準備妥當後，曹覓便帶上禮物，和孩子坐上了馬車。

他們到的時候已經不早了，但曹覓和孩子代表的是遼州勢力最大的北安王府，在最後時刻登門也不算失禮。

她也習慣了這些作派，臨下車前，例行對三人囑咐道：「到了秦府，娘親和你們會暫時分開一會兒。外面不比家裡，要牢記做客的禮儀，不能逾矩，不能淘氣，明白嗎？」

後面一句，她主要是對著雙胞胎說的。

三個孩子聞言，點了點頭。戚瑞極有責任感地說道：「娘親放心，我會照顧好他們的。」

曹覓點了點頭。

下車之後，她隨著秦府的下人走進後院，便看到站在門邊等著他們母子的秦夫人。草草見過禮，眾人便往屋裡走去。

隨後，女眷們留在外廳喝茶說話，孩子們便被請到裡屋玩耍。

如今，在曹覓的帶領下，康城中所有世家家中都安上了地龍和暖炕，王府三位小公子除了剛下馬車時有點冷，進到院中又重新暖和了起來。

戚瑞帶著雙胞胎剛進裡屋，屋中原本三三兩兩聚著的孩子們便朝他們聚攏過來。

這些孩子都尚未成年，少數幾個過了十歲，大多在七、八歲之間。

世家孩子長了年紀之後，出入這樣的場合，一定會被父母耳提面命地告知應當討好誰、避諱誰。

很顯然，北安王府的小公子就是眾人眼中的香餑餑。

戚安以往在這種場合中，永遠只肅著一張臉，跟著自家兩個兄弟玩，偶爾賞給旁人一個眼神，權當施恩。可經歷了上次的「綁架」，又到昌嶺讓北安王搓磨了三個月，他懂事了許多，至少今日進到屋中來，不再只用鼻孔看人了。

他隨著戚瑞一起朝其他人回禮，有人揪著他的袖口與他說話，他也能平和地對視回去，溫聲應答。

孩子們鬧哄哄地鬧了一陣，王府三位公子身邊的位置便被秦家幾個小公子穩穩占據了下來。畢竟今日是秦府嫡長子的生日宴，此處也是他們的地盤，其他人還真搶不過。

宴會的主角坐在戚瑞旁邊。

他剛嘗試用吃喝玩樂打開話題，見戚瑞興致不高，轉而說起了學業。

「我的夫子說，再過兩年，等我十二歲時便帶著我去遊學。」秦大公子道：「戚瑞，你知道什麼是『遊學』嗎？」

孩子們都沒有什麼官職，北安王還未為戚瑞請封世子位，所以眾人此時結交，稱呼對方的名諱是沒有什麼問題的，反而更顯親近。

戚瑞點點頭。秦家大公子提起這個，算是歪打正著戳中了他的興趣。

他端著一副小大人的模樣，回應道：「我知道，遊歷簡單來說便是由夫子帶著學生，離家到各個地方行走、講學。遊歷不僅能增長見識學識，也能切身體驗各地民風。」

他和戚安之前被接到封平和昌嶺，其實也算是遊歷了，只是北安王的「遊歷」顯然更厲害……

聽他回答，秦大公子嘟著嘴道：「我一點都不想去。」

「為什麼？」戚瑞有些詫異地看向他。

遊學一直是王府大公子最為渴望的事情之一，只是礙於年齡，他自知戚游和曹覓不會答應，這才按下不提。

旁邊的戚安過來湊熱鬧，一齊看向秦府大公子。

秦大公子解釋道：「嘿，你們還小，不知道吧？」他回憶著之前的經歷，道：「我曾經被送到臨州的一家學院讀書，原本也覺得甚為新奇，可離家之後，才發覺在外真的不比在家中，樣樣都不方便！」

戚安聽得一愣一愣的。「所以你便回來了？」

秦大公子點點頭。「我便寫信稟明了家中，父親知道後便把我接回來了，又重新請了夫子來家中教我。」

戚安眨巴著眼睛。他一方面覺得外出確實辛苦，一方面又覺得秦大公子的做法有些不妥，一時有些糾結，不知道該說些什麼。

坐在幾人對面的戚然突然開口，出主意道：「那如果這次你不想去遊學，便直接稟告父母，讓他們不要讓你出去了。」

「哈哈哈哈！」秦大公子笑開，彷彿找到知己一般朝戚然說道：「戚然，你也知道學習很辛苦吧？欸，我如今每日下午都要聽一次課，可煩心了。」

王府三個孩子還小，講課的時間沒有十歲的秦大公子這樣頻繁。

戚然聽聞這樣的「慘況」，心有餘悸地點頭。

「但是不行，遊學我還得去。」秦大公子笑完，轉口卻說了這樣一句。「我母親與我說，只要我每日乖乖到學堂，便許我紋銀十兩，任我支配。如果兩年後我去遊學，回來之後便直接在外置辦一座大院與我，另贈我精衛良婢若干，金銀古董數箱……」

在戚然越來越羡慕的眼神下，秦大公子得意地挑眉一笑。「所以沒辦法，我只能去嘍。」

戚然點頭，目露渴望道：「你娘親對你真好！」

戚安其實也有些驚嘆，但不羨慕。

戚安比沒有心眼的弟弟眼光不知道高到哪裡去。他不滿地給戚然遞了一個眼神，示意他不要露出這麼傻的模樣。

戚然接收到了，合上張大的嘴，委屈地把心思又放回手中的玩具上。只有戚瑞似乎想到了什麼，伸手拍了拍他的肩膀。

宴席之後，北安王府照例第一個離場。

坐上馬車時，戚然有些昏昏欲睡，窩在曹覓懷裡，突然說起方才在秦家遇上的事情。說完後，他還感嘆道：「……秦夫人對秦公子好好，為了讓他去讀書，做下許多承諾呢！」

曹覓聽出他沒說出口的隱義，問道：「嗯，我們家然兒也想得到獎賞嗎？」

戚然雙眼驀地一亮，試探地點了點頭。

曹覓卻搖頭拒絕。「我們都知道，不管是學習還是將來的遊歷，都是特別好，能讓人開闊眼界、增長見識的事情，意義不在於附贈的獎勵，然兒可以從它們本身獲得許多樂趣。不需要娘親獎勵，然兒也會去好好完成，對不對？」

戚然還未回答，旁邊的戚安便激動地點頭道：「對！」

第六十四章

母子四人很快回到王府。

曹覓記掛著幾個孩子的休息，回府後便讓雙胞胎先睡下了。

戚瑞陪在她身邊，看著她將兩個小的安置好，轉而準備送他回房。

路上，戚瑞有些遲疑地開口。「娘親。」

「嗯？」曹覓望著戚瑞問道：「怎麼了？」

「其實……我覺得秦夫人那個方法，並非沒有可取之處。」

「啊？」曹覓一時沒有反應過來。

戚瑞便解釋道：「秦大公子不喜歡讀書，秦夫人便以重利相誘，使之勤讀。這個方法雖然看起來有些笨，但並不是全無好處。至少我觀秦大公子那模樣比一般世家紈袴好上許多，該讀的書都讀全了。」

他輕輕用腳拂開地面上一小堆積雪，當先一步跨過門檻，又轉過身對著曹覓道：「娘親，小心腳下。」

等曹覓也跟著跨了出來，他才繼續道：「三弟的情況，其實與秦大公子有些類似。學堂之上，我與二弟都能自覺苦讀，只有三弟易被外界動靜驚擾，學至艱澀處，甚至屢屢生出些灰心喪氣的想法。我們兄弟三人，只有他並不熱衷於讀書。」

曹覓一邊認真聽他說話，一邊點頭，贊同他對戚然的評價。

戚瑞見她神情間肯定自己的想法，便繼續道：「王府比之秦府，底蘊財富又更加深厚。如果秦夫人能以獎勵勸得秦大公子向學，娘親何必吝嗇財物？仿效秦夫人若能使三弟安心向學，亦不失為一件美事。」

他說到這裡，曹覓便明白了。

方才在馬車上，戚然朝她講述秦夫人的法子，確實有羨慕之意。在老三心目中，恐怕也希望曹覓跟秦夫人一樣，許他承諾，讓他向學。

但她回答的那番話，雖然聽著更有道理，其實是堅定地拒絕戚然的要求。

顯然戚瑞並不贊同。他先是承認秦夫人的辦法有些「笨」，但又肯定這個辦法的可取之處，言語中是想勸曹覓滿足戚然的要求。

曹覓聽完，笑著搖了搖頭。「方才我在馬車上說的那番話，你可有印象？」

戚瑞自然點了點頭。

「其實，當時那番話只是用來拒絕然兒的表面理由，對於重利勸學這件事，娘親有些自己的見解，你願意聽一聽嗎？」

戚瑞正色看向她，頷首道：「自然。」

曹覓花了一些時間組織語言。「然兒並不喜歡讀書，但無論是書中所學的內容，還是他身邊的環境和人，都一直跟他強調讀書是一件有意義的、非常好的事情。很明顯的是，方才在馬車中，我說的那番話，雖然是他不希望、不喜歡聽到的，卻是他能夠接受的。對不對？」

戚瑞想了想。「對，確實是這樣。」

「那麼接下來的問題是……」曹覓頓了頓，笑著看向戚瑞。「這種情況下，你覺得我許以重利令他繼續向學，會令他更喜歡學習呢？還是保持原狀，什麼都不做，會令他更加喜歡學習呢？」

戚瑞幾乎是立刻脫口答道：「自然是許以重利。」他又補充道：「自古建立獎懲規則，不就是為了更好地促成結果嗎？什麼都不做，如何能使三弟改變？」

曹覓笑了笑，道：「嗯，你這種念頭是比較普遍的，但娘親要告訴你，不是的。」

戚瑞詫異地朝她看過來。

兩人這一番對話下來，已經回到了戚瑞的院落，曹覓便除了披風，牽著戚瑞來到燒得暖和的榻上。

院中的婢子及時送上熱茶，母子一人一杯喝下，暖了暖身子。

曹覓知道，自己要開始解釋這件事了，這才接著道：「我認為在這種情況下，什麼都不做，才能令他積極向學。有一個……嗯，很厲害的學者做了一番猜想、實驗與總結。」回憶著現代的「認知失調」理論，她斟酌著道：「那位學者說，做了枯燥的事情卻要堅稱它有趣，其實是種言行不一的行為，會讓人產生心虛的感覺。得到足夠酬勞的人，其實有了充分的理由說服自己——我為什麼要說謊呢？因為我得到了許多錢，我是為了錢才說它有趣的。因為有了這樣充足的、合理的理由，他們能夠自圓其說，所以真正的想法是不會改變的。但若是做了枯燥的事，只得到兩個銅板的人呢？就不是這樣了。很顯然的，區區兩個銅板，根本不能『收買』他們，讓他們心安理得地違背自己的內心。」

說到這裡，她笑著看了戚瑞一眼。

「所以呢，這時候就會發生一件很有趣的事情了。」曹覓轉過眼，繼續道：「為了消除自身說謊帶來的心虛、尷尬等等情緒，這些人便會在不自覺中改變自己的念頭。他們會讓自己真的愛上做枯燥的事情，真心地覺得它是有趣的，以此安撫自己。那位學者將這種現象，稱為『認知失調』。」

戚瑞已經聽得入迷了。他眉頭輕皺，雙唇微抿，顯然已經陷入了思緒中。

曹覓聞言，點了點頭。

他喃喃道：「居然有這種事……」

她見戚瑞已經能接受上面的解釋，又繼續延伸道：「這個理論還有其他的內容，比如關於懲罰的。做了錯事，是施以大懲讓過錯者吃到巨大苦頭好呢？還是小懲警示一番，更能令人悔改呢？那位學者也做了相關的試驗，結果也與普通人的猜想相違背，其實小懲警示的效果更好。」

戚瑞一動不動，聽得極為認真。

曹覓接著道：「他解釋說，情況跟上面說的有些類似，受到大懲罰，其實安撫了過錯者內心的愧疚——我做錯事，所以我受到懲罰，我已經為此付出代價了。反而是小懲警示會令過錯者繼續愧疚，從而達到主動約束自己，不再犯同樣錯誤的效果。

「所以，在學習這些事情上，物質獎勵或懲罰都應當適量適度。『重利勸學』或『嚴懲勸學』，在短時間內當然很有效果，但終究會留下隱患。」

戚瑞若有所思地點了點頭。「娘親，我明白了。三弟如今的模樣便很好，我會與二弟一起，幫他好好適應接下來的課業。」

曹覓笑了笑，點頭溫聲對戚瑞回應道：「好。」

「有奸細縱火！有奸細縱火！快，快起來救火！」

「他們往東邊逃了，快追！」

「將軍有令，所有兵卒集結，往南城搜索奸細！首先擒得逃犯者，賞羊百隻！」

靜寂的冬夜中，拒戎城的戎族軍營陡然爆發出一陣又一陣的叫喊聲。

普通的戎族將士還不清楚發生了什麼事，就從被窩中被撇起來，手忙腳亂地開始穿衣，準備列隊。

一個百夫長抓住了前來傳令的通報官。他揪著通報官的領子，借著營地周圍的篝火看清了他的戎族面容。

「出了什麼事？將軍呢？」

通報官愣愣地搖了搖頭。「不……不知道，我只是來傳信的。」

「呸！」百夫長往地上啐了一口。「將軍人都不在，我怎麼能相信你一個小嘍囉？」

通報官從懷中掏出一幅布帛。「你自己看！」

百夫長將布帛展開，看清了其上的戎族文字和將軍特用的印章。

他將布帛扔回給通報官，又一把推開他，轉身回去整兵，準備出發了。

很快，一串串雜亂的腳印踏破了拒戎城中白雪鋪地的街道，城中各處火光四起，喊叫聲、馬嘶聲不絕於耳。

拒戎城守將在羅軻身旁醒來，皺著眉往外張望。「怎麼回事？外面怎麼亂起來了？」

羅軻拂了拂垂落在鬢邊的髮絲，將頭靠上他的肩膀，柔聲道：「是不是昨日來城中的那群人作亂了？」她抱著雙臂，有些膽怯地說道：「奴家還記得那個什麼親王懾人的眼神，真是嚇煞奴家了。」

「別亂說。」滿臉鬍子的守將看了她一眼，很快起身。「不行，我得出去看看。」

羅軻拉住了他的手，泫然欲泣道：「大人……」

守將抱了抱她。「沒事。美人兒，妳在這裡躲好，別出去亂跑，天亮之後我找時間回來一趟。」

羅軻這才心安，點了點頭。

守將兩三下整理好自己的裝束，直接出了門。

他前腳剛踏出羅軻的院落，羅軻後腳就變了臉，冷哼了一聲。

戚三帶著張望鄉等人從院外進來。

他半點沒有廢話，對著羅軻囑咐道：「我帶著張望鄉這些人先出城，到時候如果有人問起，妳便說這些漢人奴隸受了驚慌逃跑了。妳將偽造的戎族文書收好，等著守將那些『罪證』被發現之後，我會再回來接應妳。」

羅軻面無表情地點點頭。「我知道，你們快走吧。」

戚三一頷首，點清了人數後便帶著人直接離開了。

將張望鄉一夥人都送出城後，他回身看著已經通紅一片的城中建築。有副官上前，在他耳邊激動說道：「戚大人……那處親王的府邸著了火，看來王爺那邊刺殺的事情很順利！」

戚三點了點頭，但面色依舊十分凝重。「行刺是最簡單的部分，從現在開始，事情才進入最關鍵的環節。」

要如何全身而退，才是最大的問題！

就這樣，拒戎城中的火光燃燒了整整一夜，城裡城外，無人得以安眠。

第二日，晨曦微亮時，名喚佐以的戎族親王，終於憑藉自己的身分和原守城將領的首級，將城中暴亂的兵卒們整頓了起來。

格爾帶著自己的手下，穿著拒戎城兵卒的衣服混在軍隊中。

此時城中剛剛安定，兵卒死了好些。格爾幾個雖然是戚游的手下，卻是戎族的面孔，沒人發現他們的不對勁。

他老老實實按照「上級」命令，在城中巡邏了一個上午。到了午時，終於找到一個休息空隙，在手下的掩護中來到兵營後方一個隱蔽的角落。

最危險的地方，就是最安全的地方。

如今城中到處都是搜捕奸細的兵卒，只有兵營空了出來。
「王爺、王爺！」格爾摸到角落外，小聲喊道。
戚游的聲音很快響起。「進來。」
格爾這才彎著腰，小心走了進去。「王爺，您的傷勢怎麼樣？」
昨夜的行刺比他們想像中的順利，但撤退時，由於戚游明顯盛朝人的長相，差點被發現。他為了不引起騷動，暴露自己的位置，硬是挨了一刀，悄無聲息地化解了一個危機。
此時，因為受傷後得不到周全的照顧和休息，戚游唇色有些白。「無礙，已經上過藥了。」
格爾看在眼中，心中十分難受。他點點頭，隨後遞給戚游幾個餅子，稟告道：「城中的巡邏路線被修改了，不過最遲今晚我們就能找到機會送您出去，請您再堅持半日。」
戚游點點頭，又問道：「戚三那邊順利嗎？」
「嗯，應該很順利。」格爾回答道：「我還沒找到機會與他碰頭，但是城中並沒有關於漢人奴隸的消息，想來他那邊應當順利將人送出去了。」
戚游頷首。「嗯，我明白了。你先離開吧，夜裡找到機會再來找我。」
格爾點點頭。
他知道輕重，不敢多留，很快退了出去，繼續混入拒戎城的戎族軍隊中。

第六十五章

夜裡，避開了搜捕的戚三經由之前準備好的密道來到羅軻房中。

他在手下的幫助下，運了一具屍體進來。

羅軻正坐在窗邊看著月色，聽到動靜才轉過臉來。

戚三見她行動自如，顯然沒受到什麼苦頭，便輕呼出一口氣。

他壓低聲音道：「事成了，我來接妳。」

羅軻沒有動作，只是微微轉過頭，詢問道：「你們打算怎麼把我弄出去？」

戚三指著那具屍體，解釋道：「我找了一具與妳體型相近的屍體，待會兒我們直接放一把火把這裡都燒了，這具屍體會被當作妳。留在城中的其他人會將縱火事件偽造成是之前守將的手下做的，不會留下把柄。」

羅軻輕笑一聲，誇讚道：「你們倒是安排得周全。」

戚三催促道：「嗯，好了，不要廢話。夜長夢多，多留一陣都有變數，我們快走吧。」

他是催促羅軻趕快準備起來，但羅軻聽了，卻反其道而行，輕輕搖了搖頭。

戚三還沒反應過來，她便問道：「你們的人都安然撤退了嗎？」

戚三點點頭。「嗯，他們在城外等著我們。」

「那就好。」羅軻頓了頓，說出一句驚人之語。「我不打算走了。」

戚三瞪大了眼睛，反應過來，皺著眉頭問道：「妳這話是什麼意思？」

羅軻目光又放到窗外空曠的天際。

「今日白天，那位親王帶著人過來搜索證據時，我與他打了一個照面。」說到這裡，她嬌媚無比地輕笑道：「佐以親王正當壯年，可比你們家那位主子『識趣』多了。他對我有意，想要將我收作妾室，帶著我到戎族王庭去……我細細想過了，若能搭上他的線，也不失為另一種機遇。」在戚三驚詫的眼神中，她說完最後一句。「所以我決定跟著他離開。」

「妳！」戚三險些失了言語。他想了想，詢問道：「妳拿出那些證據，佐以親王難道沒有懷疑到妳頭上嗎？他會不會只是故意這樣，試探妳的反應？」

羅軻冷哼一聲，道：「我一個盛朝奴隸，手不能抬肩不能挑，能做得了什麼？他能懷疑我什麼？」

「不行。」即使羅軻解釋了，戚三依舊不能接受。「妳知不知道戎族王庭是什麼地方？它位於草原深處，我們王……我是說，盛朝那些大官將軍都不知道它在哪裡。妳就這樣隨隨便便跟著那個親王過去，這不是犯傻嗎？」

羅軻似乎不懂為何他如此反對，轉而問道：「怎麼？我願意到戎族王庭去，對你們家主子而言，不正是一件大好事嗎？別與我說，他不想知道戎族王室內部的情報？」

戚三深呼出一口氣，回應道：「是，如果能把人安插到戎族王庭，對我們而言非常有利。但我家主子並不需要一個女子犧牲自己去獲得什麼狗屁情報！這一次與你們合作，是事出有因，加上大王子的事情在意料之外，我家主子迫不得已才會安排你們繼續留在城中收集情報。實際上，即使你們沒有任何作用，只要你們還認為自己是盛朝人，我們都會想辦法把你們接出去，不會任由你們留在這裡受苦。戎族王庭那邊，如果我們有想知道的事，自然會安排人去探聽，不需要委屈妳一個女子去做這種事。」

羅軻看了他一眼，幽幽嘆道：「可是，你們很難再有這樣的機會了。」

說完，她又轉過頭去，看向窗外。窗戶正對的是南方，也就是盛朝的方向。

那裡是這個女子日日夜夜想要逃去的，救贖的彼岸。如今一切順利，已經臨到最後一步，她卻自甘捨棄了功成身退的想法。

「你以為我不想回去嗎？」羅軻突然道，笑了笑。「張望鄉，還有阿弟那些小乞丐，你們一定要照顧好！」她突然看向戚三，神色認真地要求道：「你去跟你家主子說，就當是他還我的。我為他賣命，所得的一切，都要折成真金白銀，送到張望鄉那些人手中！」

「妳……」戚三還想再說，卻被羅軻打斷。

「好了，你別再說了。再待下去，你們就要暴露了。反正我是不會配合你們離開的，你自己看著辦吧。」她回到了窗邊，重新賞起外面的月色。「要我說，你還不如快點回去，將事情通知給你們家主子。讓他儘快安排人接應我，好在必要的關頭保我一命。」她以手支頤，喃喃道：「我可是很惜命的……」

戚三很想強行將她帶走，但顧忌著不敢鬧出動靜。此時他們要是被發現了，不光是自己被抓的問題，戚游還帶著人在附近準備接應，如果他們暴露了，戎族那邊發現大王子死亡的事情與盛朝人有關，一切便難以轉圜了。

戚三咬咬牙，轉身帶著自己的手下和那具屍體回到密道中。

臨走之前，他對羅軻道：「妳安心在此處待著，我回去稟明主子之後，自會有人再與妳接應。離開拒戎城之前，妳若反悔了，將消息傳出來，我們再找機會把妳接走。」

說完，他不敢再耽擱，頭也不回地從密道離開。

小半個時辰後，戚三帶著手下回到戚游身邊。

戚游的人已經重新聚集了起來，除了某些繼續安插在城中的暗探，其他人已經掃好了尾，準備趁著月黑風高撤離拒戎城。

見到戚三自己回來，戚游有些詫異。

他的傷在胸口，此時雖然已經重新包紮過，但條件簡陋，布條下還隱隱有血跡滲出。

「怎麼了？」他詢問戚三道：「羅軻人呢？」

城中戒嚴，戚游第一反應是戚三沒能順利找到羅軻。

戚三沒有耽擱，將方才在羅軻那邊發生的事與戚游說了。

「……佐以親王沒有懷疑羅軻，反而被羅軻所誘惑。他想要納羅軻為妾，帶她回王庭。羅軻……答應了。」

他說得並不詳細，甚至沒有解釋羅軻願意去王庭的真實想法，但戚游也明白過來。

月近中天，時間已經不多，他不再多想，道：「按照原計劃，我們先撤出去。」

早已準備的格爾點點頭，眾人行動起來，避開城中巡邏的戎族兵卒，有驚無險地出了城。

等到終於抵達接應點時，眾人才有機會喘口氣，休息片刻。

戚游看著拒戎城的方向，沈思片刻，喊來格爾又吩咐了一些事情。

從秦府回來之後，雪越下越大。曹覓和三個孩子成日待在城中，便有些滯悶。

恰好北寺傳來母馬們即將臨盆的消息，曹覓想了想，便帶著孩子往容廣山莊跑了一趟。

如今正是寒冬，為了能讓小馬們順利降生，山莊中特意建造了一個暖房。暖房四面造著大火炕，燒起來時比室外暖和許多。

曹覓幾人到暖房時，三匹小馬都已經出生，靠在各自的母親身邊。

除了今日才降生的那匹小馬，另外兩匹小馬駒已經能走得十分穩當了。牠們並不怕生，看到新面孔進到暖房來，還試圖過來瞧個新鮮。

大概是由於父母的基因都好，三匹小馬比曹覓預想中的還要大一點，只比剛超過一公尺的雙胞胎們矮上一個頭左右。

戚然有些害怕，轉身躲到曹覓大腿後邊去了。

戚安則膽子很大，甚至試圖越過暖房中的欄杆，親手摸一摸小馬。

但很快，他被更懂事的戚瑞阻止了。

「娘親，」戚安轉過頭。「牠要長多久，才能跟烈焰一樣高大？」

曹覓看向了旁邊專職照顧幾匹馬的大夫。

大夫識趣地介紹道：「回稟二公子，馬兒長得很快。烈焰其實也才八歲，這幾匹小馬長個三年左右便差不多了。」

戚安扳著手指頭算數，道：「四……三……那到時候，我和戚然七歲了，大哥九歲了。」

曹覓摸了摸他的頭，道：「嗯。」

「牠們還沒見過自己的父親呢！」戚然站在曹覓身後，突然冒出一句。「好可憐喔！」

曹覓轉頭看他，無奈地笑了笑。

烈焰如今跟在戚游身邊，遠在邊疆，想要回來見見自己的孩子，確實不是什麼容易的事。

她想了想，只道：「或許等牠們長大，可以自己到昌嶺去，這樣不就能見到烈焰了？」

戚然聞言，點了點頭。

幾人在暖房中與小馬駒玩了一會兒，曹覓便準備帶著他們回去了。

但還未走出暖房，就見到北寺急急奔了進來。

他來到曹覓身邊，匆匆行了個禮，道：「王妃，王府那邊傳來消息……」

「怎麼了？」見到北寺神態嚴肅，曹覓突然有種不好的預感。「發生什麼事了？誰傳來的消息？」

北寺正要回答，暖房外突然傳來一陣馬鳴。

隨著這聲馬鳴，暖房中的三匹母馬突然來了精神，站了起來。

曹覓朝門外看去，就見一匹火紅色的寶馬擠開眾人，朝著這邊奔來。

「烈焰？」曹覓皺眉喊道。

此時此刻看見烈焰，她絲毫沒有開心的感覺。

烈焰跟在戚游身邊，如果烈焰回來了，表示戚游應當也回了康城。可是明明此前，王府中並沒有接到任何關於北安王要回來的消息……

烈焰甩了甩屁股，曹覓才發現牠身上的行囊中放著一封信。

顧不得身在馬廄，曹覓拆了信讀起來。

戚瑞鎮定地等她看完，才問道：「娘親，發生什麼事了？」

曹覓還沈浸在戚游重傷，需要回到康城醫治的消息中回不過神來，陡然聽到他的呼喚，這才勉強定了定神。

她扯出一個僵硬的笑容，決定暫時隱瞞實情。「你們父親……回來了，就在王府中。我們準備一下，馬上回去。」

即便她不說，三個孩子也感覺到現下不正常的氛圍，連一向最皮的戚然都沒有鬧，安安靜靜地跟在曹覓身後出了暖房，準備回府的事宜。

第六十六章

之前曹覓記掛的水泥路已經開始動工了，康城到容廣這一路已經修了大半。也正是因此，曹覓幾人在天色剛擦黑的時候就到了王府。

戚游受傷的事情似乎完全沒有傳開，絕大部分的僕役見到曹覓四人，還詫異為何王妃回來得如此急切。

曹覓也維持著平靜模樣，帶著三個孩子來到戚游休息的院落。

原本，北安王與王妃的寢室是在一處的，但這次為了方便養傷，戚游住進了旁邊的一處偏院。

府中的大夫早就來過，為戚游重新包紮，是以北安王妃帶著三位小公子進門時，見到的是戚游正靠在床頭，細聲與管家說話。

除了面色有些發白，年輕的北安王看起來似乎沒有其他不妥，但空氣中瀰漫的淡淡血腥味，提醒著眾人那被隱藏起來的傷勢。

管家見到曹覓四人進來，識相地行了禮，退到外面去了。

戚瑞當先一步走到床沿。「父親……怎麼了？」

戚游的目光在四人身上掃過一圈，淡淡道：「沒什麼大礙，受了點小傷，回到府中準備將養一陣。」

戚瑞直直地盯著他纏繞著乾淨布條的胸腹部，抿著唇，一言不發。

雙胞胎跟在大哥後面湊上前去。

戚安眼角有些發紅。他捏著小拳頭，對著戚游問道：「父親，誰打傷了你？」也不等戚游回答，他便自己琢磨道：「你是在昌嶺受的傷嗎？是那些戎族人做的？」

戚游淡淡「嗯」了一聲。

他沒有解釋自己是出了塞才受傷，三個孩子太小，無法理解這樣的事情。

戚安得了答覆，又認真詢問道：「是誰傷了你？我給你報仇！」

聞言，北安王挑了挑唇角，笑道：「你有這份心倒是不錯。但是父親受了傷，對方也付出了更大的代價。至於其他，我也會找機會自己報仇。」他叮囑道：「你還小，談報仇什麼的太早。若真想上陣，留在府中要記得勤學文武，將來才有資格領軍作戰。」

戚安重重地點了一下頭。

兩人交談間，最小的戚然已經蹬著小胖腿爬上床。

他不敢如以前一般直接往戚游懷裡撲，便坐到床內側，伸出手，輕輕摸了摸戚游的胸膛。

「父親，疼嗎？」他眨巴著有些泛紅的雙眼詢問道。

三個孩子，老大穩重，老二有些激進，好在願意聽教誨，老三最體貼，惦記的是他的感受。

戚游抓住他的手，搖了搖頭，道：「不疼，小傷罷了。」

父子四人就這樣你一言我一語地說起了話。

戚安也跟著戚然一起爬到床上，戚瑞則坐在床沿，任戚游詢問著他們在府中經歷的事情。

曹覓心情有些沈重，在原地站了一會兒，到底不忍破壞父子團聚，便轉身來到外間，問起管家相關事宜。

管家對戚游的傷勢也摸不準，曹覓詢問起來時，他只是無奈搖頭。

曹覓便問：「天色都暗了，王爺的晚膳和藥都安排了嗎？」

管家點點頭。「是。大夫在院中熬藥，廚房那邊是早就吩咐過了，很快就可以安排晚膳了。」

曹覓點點頭。

管家往房中看了看，請示道：「王妃，您和三位小公子的飯食是不是也送到這邊來？」

「不用了。」她轉過身，看著屋內四人其樂融融的模樣。「王爺剛回來，讓他好好休息吧。等他們再說一會兒，我就把三個孩子帶走。」

管家聞言，點了點頭。

不一會兒，廚娘送來清淡的藥膳，曹覓便進了屋，將戚瑞三人帶了出來。

幾個孩子雖然不想這樣離開，終究還是懂事地下了床。

曹覓與戚游交換了眼神，唇色發白的戚游深呼出一口氣，朝她輕輕點了點頭。

曹覓移開了雙眼，帶著孩子們離開了。

照顧三個孩子吃了晚膳，又洗漱一番，曹覓將三個孩子送回院落。孩子解決了，她終於有時間回戚游那邊，好好問一下事情的真相。

但她走到一半，就碰到等在一邊的戚瑞。

雙胞胎還小，她方才一直留在他們的院落。戚瑞說自己回去洗漱更衣，她便答應了，以為他收拾一番後也會睡下。

卻沒想到戚瑞整理完了，直接在去戚游院子的必經之路上堵住她。

小少年朗聲道：「娘親，我與兩個弟弟不一樣。我已經長大了，我想與妳一起過去父親那邊了解情況。」

方才三人在戚游屋子裡，戚游根本沒有多說自己的傷勢。戚瑞明明最掛心這個，但也知道父親是顧忌著兩個小的在一旁，所以也沒有當場發問，乾脆等在了此處。

曹覓呼出一口氣，上前輕輕攬過戚瑞，點點頭道：「好，你想知道，便跟我一起來。」

母子重新回到戚游的院落。

昏黃的燭光下，戚游的情況似乎更壞了些。

見到戚瑞跟著曹覓一同到來，他也沒有太大的驚訝。等到母子在床沿坐下，他主動道：「不用太擔心。胡神醫已經在路上了，約莫這兩天就能到。他到了之後，我就能大好了。」

曹覓點點頭。

她對胡神醫還有些印象，之前還在京城，兩人對戚瑞的厭食症完全沒頭緒的時候，戚游就曾將他請來過。只是後來曹覓解開了戚瑞的心結，胡神醫沒幫到什麼忙，便又離開了。

她原疑惑著為什麼戚游受了這麼重的傷，還要忍受舟車勞頓從昌嶺巴巴地跑回來，如果是為了胡神醫，那便說得過去了。

「很嚴重嗎？」曹覓抿了抿唇。「一定要等胡神醫過來才能醫治？」

戚游壓著聲音咳了咳，道：「也不是。昌嶺如今戒嚴，也不是什麼休養的好地方，我與雷厲他們商量了一下之後，還是決定先回來一趟。」

他說得雲淡風輕，實際上是雷厲苦口婆心勸了整整一日，甚至放出他再不走就到帳外長跪的話，戚游才勉強妥協了。

他的傷一開始不算重，實在是後來太折騰了。

從拒戎城離開之後，他帶著戚三、格爾等人一路撤退回到昌嶺。到了昌嶺之後也沒時間休息，而是密切注意大王子被刺殺之後，戎族那邊的動向。如此這般，原本沒放在心上的一道傷口，硬生生被他自己拖成了重症。

昌嶺的大夫只能勉強壓住傷勢，戚游便一邊讓人去找胡神醫，一邊確認戎族不會襲擊邊關之後，帶人回了王府。

曹覓不知道真正的經過，聞言也只能點頭。

戚瑞卻想得更多，問道：「邊關告急了嗎？為何父親作為主帥，會受到如此嚴重的傷勢？」

戚游想了想，才將自己到拒戎城刺殺大王子的事情說了。

之前是顧忌著不想嚇到雙胞胎，如今兩個小的不在，大兒子又十分成熟穩重，便不再刻意隱瞞。

但他沒料到的是，聽完這事之後，大驚失色的不是未滿七歲的大兒子，而是近年來手腕越來越強大的王妃。

曹覓脫口而出地問道：「你想準備收復塞外五城？」

戚游頓了頓，隨即輕輕點頭。

「怎麼這麼急？」曹覓眉頭緊蹙著。「我們來到遼州還不到兩年。」

戚游搞不清楚她為何這般，安撫地拍了拍她的肩膀，安撫道：「不早了。如今開始準備，也要至少三年後才有可能將五城重新奪回來。」

曹覓張了張嘴，再說不出一句話。

她之所以驚訝，並非是不同意戚游的決定，而是他的此番決定，比她原本知道的時間提前了太多。

前世曾經看過的那本書中，為何是以戚瑞為主角？

她後來自己琢磨，覺得很大一個原因就是戚瑞的父親，也就是眼前的北安王英年早逝！

曹覓一直記著這件事，卻沒有說，因為如今距離戚游死亡的時間還相當長久。在書中，雖然根本沒有提到「曹覓」這個繼母的角色，但是對於戚游有比較詳盡的描述。

他會在戚瑞十三歲那年，死於收復北面五城的途中。兩年後，戚瑞十五歲的生辰上，戚三會將戚游的死因告知三個孩子——戚游會死，不僅是因為戎人，其中還有朝廷的手筆。

腐朽了大半的朝廷，對於失陷五十多年的五城能不能收回並不在乎，但他們怕遠在遼州的北安王趁著戰爭坐大，大到脫離朝廷控制。

於是他們暗中與戎族權貴達成約定，將戚游「送」了出去。

書中明白地寫道，戚游至死都沒有懷疑過是朝廷出了問題，他知道朝廷靠不住，卻沒料到他們敢勾結戎族，做出這種事情。

而以此為導火線，明明是皇室一族的戚瑞和戚安兩兄弟才沒有在後來群雄割據的亂世中，站在朝廷那一邊。

他們各自為戰，最後甚至反目成仇，但從始至終都堅決地與朝廷的勢力作對，是實力最為強大的兩股叛軍。

曹覓自以為算好了時間點，早就打算幾年後想辦法阻止這件事的發生。

她可以提醒戚游小心朝廷，或者勸說戚游不要親自上陣作戰，可偏偏，按照戚游如今的意思，他已經打算要行動了。

這樣一來，她徹底亂了。

陷在思緒中的曹覓還沒有回過神，旁邊的戚瑞卻誤會了她的意思。

他以為曹覓只是單純擔心父親，便道：「母親會如此擔心也不無道理，父親，我們才到遼州不過兩年，您已經覺得可以準備收復的事情了嗎？」

戚游看了兩人一眼，緩緩點了點頭。

「確實，事情比我想像中快了幾年，但是昌嶺集市的開放，以及我在拒戎城中遇見的那些盛朝奴隸，將許多原本以為要籌備好幾年的事情提前解決了。如今戎族大王子已死，戎族王室必定會掀起內亂，我會加推一把，再趁著他們無暇他顧的時候，將五城收復。」

曹覓張了張嘴，說不出話來。

她終於意識到，自己的穿越形成了蝴蝶效應，改變了這個世界。

戚游口中的「昌嶺集市」提醒了她，或許一切早在她向張氏收購羊毛，甚至更早一點，她決定收留那些流民的時候，就已經發生了悄無聲息的改變。

如今遼州雖然不算繁榮，但內部安定，戚游便能將全部精力放到戎族那一邊。

她這邊供給軍隊的羊毛衫，甚至早先時候送給戚游的冶鐵之法，發揮了巨大的成效，又幫他鞏固了自身的力量。

此次，成功刺殺戎族大王子這個契機，幫助如今的戚游創造了絕佳的收復機會。如今他因為養傷才回了康城一趟，要是此番沒有受傷，恐怕要等戰爭打起來，曹覓才會知道消息。

她連忙咳了咳，吸引戚游的心思，踟躕地問道：「王爺……你收復五城的事情，朝廷那邊知道嗎？」

戚游面色轉為嚴肅，道：「妳怎麼會想到朝廷那邊去？」頓了頓，他還是回答。「如今我只是在準備階段，不會有實質進攻，無須向朝廷那邊稟明。當然，之後若是要調兵遣將，自然還是要朝廷那邊的同意。」

曹覓點點頭，試探著問道：「那……朝廷那邊，會同意你出征的事情嗎？」

她想要透過這樣的提示，讓戚游對朝廷那邊提起警惕。

沒想到，戚游聞言，讚賞地看了她一眼。「妳也發覺了朝中的暗湧？」

曹覓愣神間，他嘴角噙笑道：「確實會有一些小人阻撓，但是我自有辦法解決他們。而且如果沒有把握，我不會動手的。到時候，即使皇上那邊一開始不同意，只要看到我首戰告捷，也未必不會改變心思。」

看他一副胸有成竹的模樣，曹覓遲疑著點了點頭。

她顧忌著戚游如今的身體狀況，先按下了心頭的疑問。

站起身來，她用眼神示意了一下戚瑞。「嗯，我知道了。」她行了一禮。「王爺先專心養傷吧，一切事情都需等到康復了再說。我先帶著瑞兒回去，天色不早，王爺早些休息。」

接著，她帶著戚瑞，直接退出了院子。

第六十七章

過了兩日，胡神醫終於到了康城。

胡神醫雖然名滿天下，穿得卻樸素，他鬚髮銀白，面上皺紋卻不多，令人摸不清他具體的年紀。

有了他到來，曹覓終於稍稍放心。

很快，在胡神醫的治療下，戚游開始康復起來。曹覓一邊開心，一邊也發現了戚游如今軍中的漏洞，那便是醫療兵不足。

她原本想出面請胡神醫幫忙，為戚游軍中組織醫療兵，但神醫以自己要周遊天下、收集各類奇症為由，直接拒絕她。

於是某日，她趁著與胡神醫閒聊的機會，提起了一些現代關於細菌和病毒的理論，並道明自己可以令匠人製造出鏡片，用以觀察這些東西。

胡神醫沈迷醫術，第一次聽到這種說法，立時就被吸引住了。

他原本帶著眾多弟子四處奔波，此次聽了曹覓的病毒理論，就乾脆帶著人留在康城，等著曹覓派人給自己造鏡片，好親眼瞧瞧這些能惹病的小東西。

曹覓一面應付他，一面將心思都放在了照顧戚游身上。

戚游負傷，兩人之前那點旖旎的氣氛都消散了些許，她接過東籬從廚房裡取來的補氣粥，在床沿坐下，與床上的戚游儼然像是多年的老夫老妻。

她溫聲道：「王爺，先喝點粥。胡大夫手下的人還在熬藥，粥吃完就可以喝藥了。」

戚游點了點頭。

因為受了傷，北安王如今的吃食也都是經過胡神醫那邊的指導，廚房用盡心思做出來的。小半碗的米粥中，除了枸杞蓮子等常見的養身食材，廚娘還切了一點紅薯丁放進去。

紅薯偏甜，口感又與米粥不同，不僅給這碗粥增添了一絲絲特殊的甜，還豐富了口感。

曹覓在現代見慣了紅薯，一時沒有反應過來，直到戚游問了句「這是什麼」，才意識到北安王還沒見過紅薯呢，於是解釋道：「這是山莊今年收上來的一種新糧食，名喚『紅薯』。紅薯自帶清甜，口感綿軟，王爺覺得如何？」

戚游點了點頭，道：「嗯，還不錯。」

曹覓鬆了一口氣，自覺蒙混過去了。

說起來，在現代應當不會有人給受傷需要將養的病人吃紅薯吧？這東西太廉價了，也不覺得有什麼營養。

但是在如今的盛朝就不一樣了。紅薯雖然產量大，但容廣山莊種植規模並不大，北寺在確定紅薯能吃之後，又見識到了產量，已經將這種作物的地位拔高至頂峰，恨不得將所有收穫下來的果實都用作留種。

所以即使王府這邊，拿到的紅薯也不多，物以稀為貴，廚娘一直把這東西當成只有曹覓和三個孩子能吃的金貴東西。

這一次戚游回來了，她找著機會在這碗補氣粥裡面加了點進去。

曹覓邊餵，邊想起了什麼，又道：「說起來，這紅薯十分容易種植，也不需要太精心侍弄，產量又極高，明年我會在山莊中擴大規模種植一批。」

戚游喝下一口粥，點了點頭，等待她話中的後續。

曹覓便笑道：「王爺，我是想著，要麼明年開春的時候，我送一批紅薯苗和辣椒種子到雷將軍那邊，讓他找一些兵卒種一種？這些東西都很好養活，來年夏季，軍中就可以吃上自己種的辣椒和紅薯了。」

之前她去過昌嶺，見那處許多地都荒著，總覺得有些可惜。這次有機會，她乾脆提起了栽種作物的事情。

戚游點點頭，答應道：「可。」

曹覓見解決了一樁心事，心情便鬆快多了。

但戚游的下一句話，卻令她的心又提了起來。

「我聽下面人說，妳說了個什麼病毒理論唬住了胡神醫，將他留在府中？」

曹覓訕訕道：「呃……我近來確實與神醫交流了一下醫術方面的事情。」

戚游啞然失笑。笑過後，他確認道：「妳說的事情屬實嗎？用琉璃造出鏡片，真的能放大到看清藏匿於傷口的細菌？」

曹覓底氣不足地笑了笑。

她當然知道病毒細菌之類的事情都是真的，但問題在於她之前確實只是糊弄胡神醫，因為她根本沒把握在如今狀況下是否能造出顯微鏡。

於是她只能道：「這……我也不太確定，總之等手下的人把通透的琉璃造出來再說吧！」

「為何要等？」戚游挑挑眉，不等曹覓回答，他便接著道：「妳要通透的琉璃，本王手上就有。」

琉璃在這個時代雖然貴重，卻不是沒有。

曹覓記得自己看過的一則新聞中，曾明確提到出土的越王勾踐的劍上就鑲嵌了琉璃裝飾。也就是說，在戰國時期，甚至戰國之前，就已經知道煉製琉璃了。

而且古代關於對琉璃和水晶的應用，並不只是停留在裝飾層面。春秋戰國時期的墨子就在《墨經》中提及光學原理，例如小孔成像、光線反射折射等等。

現代時，她曾經到博物館參觀，見過一個漢墓出土的扁圓柱形水晶鏡片。這個在西元六十七年之前就製作出來的放大水晶鏡，放大的倍率約為五倍。

因此戚游一聽到曹覓說的水晶鏡片放大原理，並不吃驚。

他身為北安王，自然也見識過類似的東西。

只是古代的琉璃雖然有點類似於玻璃，但事實上，兩者的主要成分有著很大差別。

聽到戚游的話，曹覓驚詫道：「王爺有？」

戚游肯定地點頭，解釋道：「之前妳送過去的那些水泥匠人搭建新窯的時候，不知道出了什麼差錯，用一些石灰混合著別的東西，燒出了琉璃顆粒。我便讓下面的人分出一部分人手，專門去研製這種琉璃了。約莫就是一、兩個月前，他們燒的琉璃越來越通透，如今應該可以達到妳想要的那種模樣了。」

曹覓聽完，驚訝得合不攏嘴了。「這……這樣嗎？」

戚游咳了咳，道：「嗯……不過那些東西可能還沒加工成好看的擺件，所以才沒往府裡送來。妳若需要的話，我讓戚三往懷通跑一趟，幫妳取過來。」

「好！」曹覓開心地點點頭。

原本還沒有頭緒的東西，突然能拿到成品，這效率足夠讓人喜出望外了。

即使戚游那邊的琉璃還不能製作成鏡片，但是他們肯定已經有了經驗，想來只要繼續改進，總能製作出達標的東西。

曹覓兀自高興完，突然想起什麼，又問道：「這種剛研製出來的琉璃，很貴吧？」

戚游看她一眼，問道：「怎麼，妳要與我算錢？」

曹覓扯著嘴角笑了笑。「我的意思是，之前王爺不是也給我錢了嗎？如今其實我也不缺……」

她的聲音在戚游的注視下，越來越小，再也說不下去。

見她不再開口，戚游這才把眼睛移開，淡淡道：「我會讓戚三去安排的，妳等著就是了。」

曹覓僵著脖子點了點頭，道：「好的，多謝王爺。」

戚游聞言，便合上雙眼，安靜地閉目養神起來。

曹覓這才恢復了正常。她偷偷地將視線往上移，最終停留在北安王難得安詳的面容上。二十出頭的少年俊朗無匹，放在現代就是那種隨便拍個短影片都能紅得一塌糊塗的男神級人物，根本看不出是一個歷經征戰的王爺，和三個孩子的爹。

曹覓捏著自己的衣角，有那麼一瞬間，感覺自己呼吸和心跳都不甚正常。

戚游的傷勢慢慢好轉，王府中的氣氛也開始活躍起來。

這其中最開心的莫過於三個久未見到父親的孩子。

似乎是為了補足這半年的離別，三個孩子特別愛往戚游那個院子跑。

曹覓在處理自己的事務之餘，每次問起三個孩子的去向，東籬的答覆十次有八次是：「公子們在王爺那邊。」

另外的兩次，是在林夫子的學堂。

還在養傷的戚游，不用日日處理那些繁雜的公務，也閒了下來，恰好有精力應付三個天天去探望的孩子。

如今，為了照顧戚瑞和雙胞胎，他的院子裡外都鋪了暖暖的羊毛毯子，儼然成為三個孩子的活動場所。

有時候，即使沒有什麼事，三個孩子坐在父親身邊，一起賞著窗外的雪花，都能坐上一個時辰。

最小的戚然原本是有些害怕戚游的，但是因為此時戚游負傷，平日裡還有些虛弱，有時反而需要他幫著端茶倒水，陰差陽錯間，似乎讓他重新認識了自己父親，使得他與戚游的父子關係在不知不覺間拉近了許多。

就這樣，小半個月過去，戚游能下床自行走動時，春節也臨近了。

曹覓帶著人到來時，三個孩子正與戚游坐在廊下，曬著冬日裡難得的暖陽，邊聽戚游講述著自己征戰的故事。

戚游會講的故事並不多，他不會編造，說出來的東西全是自己親歷過的。

許多故事他是說了又說，劇情是一樣的，可能就是每次的用詞有所不同，但是三個孩子就是聽不膩，每每他一開口，他們就瞪著眼睛聽得一動也不動。

直到曹覓在他們身後咳了咳，才回過神來，發現娘親過來了。

戚然立即拋棄了戚游，噔噔噔地朝曹覓撲過去。

「娘親。」他黏黏糊糊道：「我好想妳啊！」

曹覓佯裝生氣，道：「想我嗎？我可聽你們院子的婢女說，你清早一起床就往你們父親這邊跑，唉，簡直跟忘了娘親似的。」

戚然面色一僵，回應道：「不、不是的。」

他想解釋，但是憋了半晌都說不出個所以然來。

曹覓笑了笑，暫且放過了他，帶著他回到戚游身邊。

廊下四面擺著燒得正旺的炭爐，這個角落被烤得暖烘烘的，一點都不冷。

曹覓招呼身後的婢女將東西放下，道：「怕你們老往這裡跑，有些無聊，我便準備了一些竹篾和紅紙。今日無課，大家都閒著，我們來做燈彩吧。」

燈彩，其實就是燈籠。盛朝同樣有元宵賞燈的習俗，過年前後，家家戶戶都要開始準備燈彩，「張燈結綵」象徵著「彩龍兆祥，民阜國強」。

「燈彩?!」戚安雙眼放光地摸了摸面前的紅紙。

曹覓點點頭。「要過年了，今年我們家三位小公子自己糊燈彩。」

戚然在一邊捧場地直點頭道：「好啊！好啊！」

曹覓朝戚游看了一眼，見他也抬頭凝望著自己，雙眼興致昂揚，絲毫沒有不滿的模樣，便鬆了一口氣，招呼著婢女們開始準備。

她指著擺放到毯子上的東西，開始與三個孩子說起糊燈籠的步驟。

燈彩種類繁多，複雜的例如走馬燈一類，堪稱藝術品，不是普通人想做就能做得出來。但要是不追求極致，簡單弄個燈籠的模樣並不是什麼難事。

曹覓本意也就是給三個孩子找點手工活做消遣，此時婢女們將竹篾紅紙一類材料都送了上來，她便道：「我們先用竹篾搭出燈彩的模樣，用細繩捆住，之後再用米漿把紅紙黏上去，這樣就行了。等到年節裡，將蠟燭放到燈彩裡面，就可以掛到門前或提在手中賞玩了。」

三個孩子年齡還小，最大的戚瑞過了年也才七歲，燈彩這種東西對於他們還是很有誘惑力的。

聽完曹覓的講解，自覺懂了的三個孩子當即動起手來。

曹覓也開始忙活起來。但真正上手的時候，她才覺得自己有些低估了做燈籠的難度。

燈籠一般是圓形的，當然也有方形的，但是想要用竹篾打出一個規整的輪廓，相當有難度。

就在她與手中的竹篾較勁的時候，戚游從她手中將竹篾接了過去。

「這竹篾還太厚了，需要削一削。」說完，他拿起旁邊的小刀，用大拇指抵著刀背，輕易將竹篾一劈為二。

變細了的竹篾在他的手中輕易被折彎，圍成了一個整齊的圓形。戚游再取過旁邊的細繩一捆，一條簡單的燈籠骨架便出來了。

曹覓見他動作間行雲流水，絲毫不費勁，自覺學到了精髓。她興致正盛，轉頭便拿起旁邊另外一把小刀，有樣學樣地準備將竹篾劈開。

但女子力氣小，她費了一番力氣才將刀刃淺淺地劈進了竹篾中，竹篾看著還沒什麼事呢，她的大拇指已經被刀背壓出了一道刺眼的紅痕。

戚游在旁邊看著她折騰，見狀便把刀子和竹篾從她手中奪了過來。「妳不要削了，這些我來吧。」

曹覓舉著自己的大拇指欲哭無淚。

她看著戚游輕巧的動作，發問道：「你……難道不痛嗎？」

戚游嘴角噙著一抹笑意，已經處理好了一根竹篾。他將小刀放到一邊，伸出自己持刀的右手展示在曹覓面前，道：「我是握慣了刀槍的人，與妳這樣的深閨女子可不一樣。」

曹覓凝神看去，只覺那雙手關節大小適中，指骨卻纖長，沒有操勞慣了的粗糙，反而更像用來彈箏撫笛的模樣。

她好奇地伸出自己的手，摸了摸戚游同樣用來抵住刀背的右大拇指。

入手的皮膚溫度有些高，有些微的粗礪感，確實比看起來的要堅韌些。

曹覓驚奇地點了點頭，道：「這是繭子嗎？我聽說握刀的人，繭子應該是長在虎口這些地方——」

她還未說完，正抽回的手卻被戚游重新握住。

戚游四指反握住她的手掌，用大拇指在她手背上摩挲著。方才被曹覓觸碰過的大拇指指腹，一下一下地刮過她柔嫩的肌膚。

「有些涼。」戚游評價道。

曹覓面色瞬間紅了起來。

她嘗試著抽出自己的手，但未果，只能解釋道：「方才從院子裡過來，路上確實吹了點風。但此處暖和，大概……大概待會兒就會重新熱起來了。」

「嗯，如果妳的手同妳的臉一般，能說熱就熱，那就好了。」戚游並不放手，反而用正經的語調說了句近似於調戲的話。

「啊？」曹覓還沒有反應過來，面上的紅豔卻是燒得更厲害了。

戚游便改用虎口繼續磨蹭她的手。他解釋道：「這裡才是握刀留下的繭子。用刀需要虎口施力，刀柄會反覆摩挲過這一處，留下厚繭。掌心這一處，是持槍留下的。長槍舞動時，需緊緊握住槍身……」

他就這樣一邊解釋著，一邊用繭子在曹覓手上磨蹭。

那些繭子比她方才感受過的指腹更為粗糙，摩挲時，曹覓甚至會感受到一絲絲輕微的刺痛。

那刺痛又不甚強烈，戚游移開手之後，便化成了細細密密的癢。

癢意順著手一路爬上她微堵的喉嚨、滾燙的臉頰，隨後又順著血液，蔓延到四肢百骸。

她甚至忘記了反抗，呆呆地任由戚游一點一點撫摸過自己的手，連每個指節，每寸肌膚都不放過。

直到耳邊傳來雙胞胎的嬉笑聲，曹覓才回過神來。

「父親，你在做什麼？」戚安嬉笑著問道。他湊到曹覓旁邊，抓起曹覓的右手，道：

「我也要摸娘親的手！」

第六十八章

戚然也趕過來湊熱鬧。他左右看看，放棄了曹覓被戚游握得嚴實的左手，選擇了右手，和戚安爭搶起來。「我也要摸、我也要摸！」

曹覓被兩個孩子這麼一鬧，羞得恨不得直接跳到院中結了冰的湖中。

她趕忙抽回自己的雙手。「幹麼呢！回去、回去，做燈彩呢！」

戚然還有些遺憾，道：「娘親的手真好摸，怪不得父親摸了這麼久。可是我才摸到一點點啊，娘親為什麼只讓父親摸，不讓我摸？」

他說著，還偏了偏頭，儼然一副求知若渴的模樣。

曹覓咬了咬牙，強扯道：「你們父親不是在摸我的手……他是在、在跟我說握刀會出現的繭子！」

說這些話的時候，她全程側著身子，根本不敢去看左手邊的戚游。

偏偏戚游聽到她的解釋，愜意地笑了一聲，也同戚安和戚然道：「對，我們在研究繭子呢。」

曹覓慌亂地扯過旁邊一張紅紙。「來，安兒、然兒，你們兩個來幫我裁紙。」

雙胞胎對視一眼，點了點頭。

這段小插曲過後，一切似乎正常了。

戚游帶著大一點的戚瑞開始做燈籠骨架，曹覓則帶著雙胞胎，折騰起那些紅色的燈籠紙。

東籬帶著人搬來一張矮桌，曹覓坐在廊上的羊毛毯上，雙胞胎站著，便剛剛好。

蘸著墨汁，曹覓在紙上寫下一個「福」字。

她已經稍微冷靜下來，對著雙胞胎道：「你們學著娘親，在這張深紅色的紙上寫字，或者畫上一些東西。待會兒墨汁乾了之後，我們將寫上的墨跡裁掉，再在紅紙裡面，墊上一張淺紅的薄紙，一起糊到燈彩上。這樣，到時候蠟燭的光透過薄紅的紙，就會形成我們寫出來的字或者畫的模樣。」

雙胞胎點點頭，示意自己聽懂了，便拿著紙筆創作起來。

他們也是跟著林夫子上了好一段時間的課，許多字都會認會寫，曹覓不指望他們弄出什麼佳作來，但也不擔心他們不知道怎麼動筆。

但她顯然低估了戚然的搞怪能力。

戚安平時跟戚瑞一般喜歡唸書，一開始聽了曹覓的話，便認認真真在腦海中挑了幾句吉祥話，寫了起來。

寫到一半，他發現旁邊的戚然筆走龍蛇，顯然不是在做什麼正經事。

戚安於是湊過去。「你這畫的是什麼？」他詢問道。

戚然得意地笑道：「嘿嘿，我在畫娘親啊！娘親好好看啊！」

紅紙上，赫然是一個歪歪斜斜的圓圈，裡面點綴著三點一橫。要是不點明，恐怕很難有人會把這東西聯想到「人臉」上去。

戚安爆發一陣大笑，湊著趣道：「我也要畫。」

說著，他乾脆放棄了寫到一半的東西，湊到戚然那邊，在那個圓圈旁邊又畫了一個圓。

「我畫一個父親！父親比娘親高大，嗯……頭上還有銀冠……」

戚然愣愣地看著他動筆，突然又有了靈感。「再畫一個大哥！」

雙胞胎就這樣你一筆我一畫地創作了起來。

可是，創作的路上總是避免不了風浪。

在他們開始給彼此畫肖像時，矛盾產生了。

「我根本沒有這麼胖！」戚然跳腳道：「你怎麼可以畫得、畫得這麼圓！」

「我也沒有比你矮，你看你畫的我的腿，那麼短！」戚安毫不示弱地喊回去。

「你就有！你最矮了！」戚然冷哼道：「你就是這個模樣的！」

「那你也是！」戚安抓著毛筆。「你就是大胖子，臉上都是肉！你自己摸摸，我還給你畫小了呢！」

戚然心眼少，根本說不過哥哥，轉頭就去找曹覓哭訴了。

曹覓早就注意到兩人在亂畫，但沒放在心上——如何能指望兩個四歲孩子規規矩矩做事呢？

此時見兩人吵起來了，她便無奈地湊了過來。

一見到兩人完成的作品，她更是哭笑不得。「你們這畫的是什麼啊？這是我？我有這麼

『好看』嗎？」

絲毫沒意識到這是反話的戚然鄭重其事地點頭。「好看的！」

另一邊，做出了幾個骨架的戚游和戚瑞也放下了手上的工作，湊了過來。

戚瑞見到畫作上歪眼斜眉的自己，嘴角克制不住地抽搐了起來。

戚游則涼涼道：「看來為父需要再請一位會畫畫的夫子來教導你們。林以學問不錯，於畫作上確實有所欠缺。」

「啊？」戚然呆呆張著嘴。

他不明白為何自己只是「略顯身手」，就被安排了另一項課業。

曹覓見他馬上要哭出來的模樣，連忙打圓場道：「沒事，沒事……其實看多了也就還挺好的。」

她拿起一旁的毛筆，道：「來，娘親來給這幅畫題個字，元宵節的時候，你們兩個就提著它出去吧。」

她剛將筆懸到紅紙上方，戚游便湊了過來。

北安王一把握住她的手，道：「妳的字太秀氣了，他們提的燈彩，我來寫。」

曹覓自然願意退位讓賢，但戚游根本沒想讓她退，直接將嬌小的王妃摟在懷中，握著她的手開始書寫起來。

北安王的字如刀削斧劈，自成一派，有著說不出的凌厲與氣派。

寫完後，他側頭問曹覓。「如何？」

曹覓根本沒看他寫的是什麼，只愣愣地轉頭與他對視。兩人間的距離已經到了一個極度危險的程度，她已經被逼得心跳大亂，根本無法思考。

戚游便挑著眉。「怎麼，好看得都誇不出來了？」

還不待曹覓反應，他直接傾下身，含住了她的雙唇。

戚瑞在一旁，不顧雙胞胎的掙扎，捂住他們的眼。

兩個成年人唇齒交纏一番，戚游這才稍稍退開，心情愉悅道：「嗯……果然都是好話。」

廊簷上，有紅梅開得正盛，但依舊比不過此時北安王妃面上的豔色。

轉眼間，康城便掛上了許多華麗的燈彩。映在白雪上的紅燈黃穗，給這個冰冷的季節增添了絲絲歡欣的年味。

雙胞胎合作的那幅畫，最終被曹覓和戚游合力製成了兩個一模一樣的燈籠。

這兩個花燈的製作方法很簡陋，因為兩個孩子只畫了一幅，曹覓便在這幅畫下面又墊了張紅紙，然後拿著小刀，將有墨跡的那些地方都裁掉。隨後，兩張裁好的紅紙又各自被墊上一層比較透光的紅色薄紙，罩在了戚游當初做出來的骨架上。

此時，花燈中的燭光透過薄紙，從被裁掉的縫隙照耀出來，使得整個燈籠看起來熠熠生輝。

而湊近看，不去在意下面那些古怪的鬼畫符，只看北安王龍飛鳳舞的「民阜國強」幾個字，倒也能品出幾分豪氣萬千的味道。

曹覓自己收拾好了，便過來招呼幾個孩子出門。

戚游傷勢雖然沒有全好，但是經過這段時間的調養，已經大有起色，出個門是沒有問題的。

一家五口乘著馬車來到豐登樓，一路被掌櫃引到沒有外人的第五層，居高臨下地觀賞著康城中連綿成一片的燈海。

「之前豐登樓還沒建成的時候，我們都是在平地上賞燈。」曹覓望著下方，讚嘆道：「哪裡能見到這般光彩奪目的模樣！」

三個孩子圍在身邊，點了點頭。

他們從只與豐登樓間隔兩條街的四方書坊，一直望到遠方同樣燈火輝煌的容廣山莊。

戚游一直沈默著，站在幾人背後，只偶爾回應幾句孩子們呼喚他的話語。

直到幾人轉到北邊時，他才湊到欄杆前，遙望著塞外。

戚瑞見他模樣凝重，詢問道：「父親，您傷勢好了之後，就要回昌嶺了嗎？」

戚游點了點頭，道：「嗯，與去年一般，冬天過了便離開。」

戚然撲上來抱著他的大腿，道：「我不想父親走。」

戚游摸了摸他的髮頂，沒有回應。

曹覓見氣氛沈默下來，連忙將小兒子從北安王腿上扒拉下來，將話題扯開。

一直到深夜，一家五口在豐登樓上賞足了月色與燈影，街上擁擠的行人也慢慢散去，曹覓才吩咐準備回王府的事宜。

雙胞胎還小，經不住熬夜，已經睡了過去。戚瑞也有些擋不住，昏昏沈沈地打著哈欠。將孩子們抱上馬車之後，三人便都枕著車廂內柔軟的被褥睡下了。

永樂街到王府這一段路，是康城中最繁華的地段，道路上鋪的都是上好的青石，馬車行走起來十分平穩，一點也不顛簸。

戚游受了傷，不好騎馬，難得與曹覓母子幾人一起坐進車廂。

幫著戚瑞掖了掖被角，看著三個孩子安詳的睡顏，曹覓嘴角彎了彎。

她抬起頭來，卻驀然發現，車廂中只剩下自己和戚游還清醒著。

此時兩人都沒有說話，氣氛有點尷尬。

大概是晚膳時喝的一點酒，在這個時候終於起了作用，曹覓感覺有些燥熱。

她率先開口，想要打破這令人滯悶的沈默。

「王爺回到昌嶺之後，便要開始準備出征塞外的事宜了？」她壓低聲音問道。

戚游也正看著她，聞言點頭道：「嗯。」

說起塞外的事情，她其實是很心焦的，畢竟書中記載的戚游死因，正與這件事密切相關。

「王爺英勇無匹，必定是能收復邊關五城的，但是……」她抿了抿唇，艱難道：「朝廷那邊，難道真的會眼睜睜看著王爺賺下這份功勞嗎？」

戚游有些詫異，卻沒有正面回應，反而問道：「近來，妳似乎很在意朝廷那邊的事情？」
曹覓別開了頭。
她早就想好了說辭，此時也不至於被問得啞口無言。「我只是在想，當初我們一家分明應當回北安，卻在就封之前出了意外，不得不到遼州這邊來。以王爺的權勢地位，朝中必定是有人故意發難，才造成如今這種局面。」
她低下頭，目光在三個孩子臉上細細描摹過，讓戚游看清她對三個孩子的牽掛。「瑞兒他們還小，如今……我只是怕又出意外。」
聽完曹覓的話，戚游沈思起來。半晌後，他道：「我之前便與妳說過，他們確實會阻撓。但是我心中早有計較，那些人無法掣肘我的決定。」
曹覓皺著眉提醒。「明槍易躲，如果是朝堂上正經的較量，我並不擔心……怕的是小人的暗箭。」
話都已經說到這個分兒上了，戚游的眉頭也擰了起來。
過了一陣，他只道：「嗯，我知道了。我會分派更多人手，注意朝廷那邊的動向。開春後我回了塞外，多半也是繼續準備和試探，不會那麼快動手的。」
見他提起警惕，曹覓便鬆了一口氣。
此後，兩人不再多言，靜靜地倚著車廂壁。
回到王府，曹覓小心將熟睡的戚安和戚然抱到兩個嬤嬤懷中。
嬤嬤們是一直伺候在雙胞胎院子中的老人，此時接過孩子，兩人便直接告退，帶著雙胞胎回去了。

但同樣的狀況到了戚瑞這邊，就有些複雜了。

長公子的身量已比同齡人還要高一些，像曹覓這樣的女子，已經沒法自如地搬動他了。

但此時戚瑞睡著，曹覓不想驚醒他，便對著戚游小聲道：「王爺，煩勞你喊個侍衛過來，把瑞兒送回院子裡去吧。」

戚游看了戚瑞一眼，道：「我來吧。」

曹覓一愣，隨即勸說道：「傷勢還沒好全呢，瑞兒分量不輕，待會兒不小心壓著你的傷口便不好了。只是一件小事，讓侍衛來就行了。」

戚游挑挑眉。「妳是覺得我連這點小事都做不好？」

「不是。」曹覓無奈解釋。

她正待再說，戚游卻不耐煩了，乾脆俐落跳下車廂，直接把還倚在車門處的曹覓抱了下來。

曹覓沒料想到他這番舉動，嚇得閉上了眼睛，雙手也不自覺地纏上他的脖子。

等到她回過神來睜開眼睛時，才發現自己已經待在戚游懷中好一陣了。

戚游似笑非笑地看著她道：「如何，我抱不抱得了？」

曹覓臉一紅，趕忙從他身上下來。

這一段小插曲之後，她再不敢多言，見戚游輕鬆將戚瑞抱下來，她便匆匆行了個禮，轉身帶著婢女們回自己的院落了。

戚游看著她明顯落荒而逃的模樣，好笑地搖了搖頭。直到看不見曹覓的身影，他才抱緊懷中的戚瑞，轉身朝著另一個方向走去。

第六十九章

天氣開始回暖的時候，北安王一家往容廣山莊跑了一趟。

因為之前曹覓提議過，想讓邊關的戰士栽種紅薯和辣椒，戚游答應了下來。這次他決定親眼去瞧瞧紅薯苗的模樣。

這段時間，他在王府已經領略了紅薯的種種吃法。在這個糖製品稀少的年代，自帶清甜的紅薯是難得的美味。

當然，還有另一件重要的事情——烈焰已經在容廣山莊逗留好幾個月了。

當初牠一馬當先來山莊給曹覓報信，之後也來不及看牠幾個還走不穩路的孩子，就又隨曹覓回王府去了。

等到戚游傷勢穩定，牠再沒有顧慮，折騰著不願待在王府。曹覓琢磨了一陣，安排人把牠丟回了山莊這邊。這陣子春暖雪化，戚游已經在籌備回昌嶺，可是烈焰還是影子都不見一個，連續派了好幾人都無法將牠喊回來，戚游只能自己上陣。

路上，一家五口照例還是待在馬車上。

戚游的身體已經幾乎痊癒，此時騎馬是沒什麼問題，但三個孩子知道他又要離開，平日黏他得緊。難得有一家齊聚的機會，戚游便放棄了騎馬，跟曹覓母子鑽進了馬車裡。

戚安抱著戚然在馬車的軟褥上打滾的時候，戚游停下了考校戚瑞學業的問題，掀開車窗，看了看路面，道：「郊外這條路修過了？」

曹覓剛將雙胞胎分開，聞言便點點頭。「嗯，我經常需要往返於府中和山莊，去年覺得這段路顛簸，便讓人修了一下。」

「是用水泥？」戚游又問。

「是，找水泥工坊那邊修的。」

戚游讚賞地看了她一眼。「如此不僅行於此處平穩許多，妳往返兩地的時間也縮短了。」

「對！」曹覓十分贊同。

戚游想了想，道：「這種路修起來造價幾何？」

曹覓聽到這話，料想他是對水泥路動了心思，於是回答道：「不算太貴，總之比青石路那些用石料鋪就的要便宜許多。要說造價……那就得看看你需要修多寬多長的路了。」

戚游若有所思地頷首，直接道：「我想將康城到昌嶺和封平這一帶的路都修起來。過段時間，我需要安排人往邊關那邊運送糧食和其他東西。」

曹覓聞言，眉頭微蹙。

她知道戚游說的是將來與戎族開戰時，邊關那邊需要的物資運輸問題。

「康城到昌嶺……這可不是小工程。」她喃喃道。

「這個妳不用擔心。」戚游笑了笑，道：「修整道路又不只是王府的事情，到時候化整為零，我會命各城的太守各領一段修葺。」

曹覓聞言，眼睛一亮。「這樣好！修路本就是造福萬民的事情，有王爺領頭，各地太守回應，事情應當不算難。」

戚游來到遼州之後，雖然將大部分精力放到了戎族那邊，但是對遼州的內務監管也沒有懈怠。如今，能在他眼皮子底下存活的太守，都是安分守己的，對北安王府的命令那是說一不二。

得到了王妃誇讚的北安王將視線從窗外收回來。「水泥那邊，便麻煩妳了。」

曹覓平白無故收到一筆巨額訂單，開心之餘不免有些得意忘形。「嗯，王爺放心，以我們倆的交情，我肯定會令工坊那邊優先滿足王爺的需求。」

「嗯？」戚游抿唇看過去，冷哼一聲。「我與妳，是什麼交情？」

「咳咳！」曹覓意識到失言，被自己的口水嗆著了。

一直安靜坐在旁邊，聽著父母談話的戚安和戚然趕忙站起來，幫著曹覓拍背。

隔著父親的戚瑞什麼都做不了，見狀涼涼地幫忙答道：「成親生子的交情？」

曹覓真恨不得直接滾下去，跟雙胞胎一起埋進褥子裡。

好在令她尷尬的氛圍很快散去，父子倆很快又湊到一塊兒，說些學業上和遼州局勢的事情，曹覓則安心照顧起不消停的雙胞胎。

輕車裘馬，路平風順，很快，北安王一行到達容廣山莊。

眾人開始朝山莊內走去。

雖然路上還能看到殘留的雪花，但地裡的凍土已經化得差不多了。曹覓能看到田間有農人正在勞作，為即將到來的春耕準備。

北寺跟在她和戚游身邊，邊走邊介紹道：「河流兩岸這些地方，還是留給稻米麥子這些主糧。這兩年接連栽種，但由於王妃給的那些養地之法，田地非但沒有貧瘠，反而更加肥沃。明年只要不出什麼意外，莊裡的糧食收成還能再多漲一倍！西邊那一塊離河流較遠的地方，會專門開闢出來，種植紅薯和之前送來的棉花。」

曹覓聞言點了點頭。

接著，一家五口來到北寺為他們準備的院落中安頓下來。

戚游見時間還早，本來想直接去尋烈焰，曹覓卻叫住了他。

「怎麼了？」戚游停下腳步。

曹覓直接道：「王爺，我有一個計劃，希望能得王爺的幫助。」

「嗯？妳說說。」

曹覓點點頭，道：「遼州地處北方，冬季長，能夠耕種的時間很短。容廣山莊這兩年收成其實還不錯，但是因為一年只能種一輪，種出來的糧食並不算多。我想囤糧，所以希望能往南邊找一些溫暖潮濕的地方，設立莊園種植糧食。到那些一年能有兩熟或者三熟的地方，每年的收成便不可估量了。」

「一年三熟？」戚游眉頭微擰。「妳說梨州？」

梨州和遼州完全不一樣，它位於盛朝最南邊，兩面臨海，但此時因為海上貿易尚未發展開來，南邊又多瘴氣和土著，梨州並不比遼州適宜居住。但是提到一年三熟，整個盛朝確實只有梨州。

「對。」曹覓也不隱瞞。「梨州如今雖然問題頗多，但是地也便宜。我想派北寺帶著一批人過去，春夏秋三季種植水稻紅薯等物。到了冬天，恰好換上耐寒的小麥。這樣一年四季，地裡都不會閒著。」

容廣山莊如今對於養地已經很有心得，曹覓相信以北寺這段時間積累下來的經驗，到了南方，絕對能更加得心應手。

戚游想了想，道：「我們在北安的封地雖然已經被收回，但是我在北安那邊還有兩、三個莊子。北安地處中部，一年能做到兩熟。妳若是想擴種紅薯和棉花，倒不如派人往北安送一些，我讓人給妳騰出幾十畝地還是不難的，不一定非要去梨州。」

曹覓想了想，搖搖頭。

「北安那邊當然也可以種一些。紅薯產量很高，棉花的意義更不用說了，這些都需要多栽種。」她道：「但是梨州，我還是不想放棄。」

戚游領會了她的意思。「妳也知道梨州凶險，想讓我派一隊親軍跟過去？」

「也不用親軍。」曹覓商量著道：「你隨便找一些比較厲害的侍衛什麼的，借給我就行。」

「所以妳是為了什麼，一定要去梨州？」戚游挑挑眉，直截了當地詢問。

曹覓深吸了一口氣，道：「我想找人，研究一下造船的事宜。」

「造船？」戚游詫異地擰眉。

她點點頭。「水路運輸雖然要看洋流風向，但很多時候，速度比陸路快上許多。王爺之後若想為遠征塞外做準備，為何不考慮一下船隻呢？」

這個方向倒真是戚游沒有想過的。

他自小在北安生活，長大之後，久居的地方也是京城和遼州這樣的內陸，甚少接觸與海洋船隻有關的事物。

但曹覓這番說辭，顯然引起了他的興趣。

他想了想，道：「妳打算如何做？」

曹覓直言道：「我的計劃是讓北寺帶著人到梨州，尋找幾處莊子安定下來，然後想辦法盤下一個船廠，讓劉格他們過去研究一下改善船隻性能的事情。」

「改善船隻性能？妳有幾成把握？」戚游抓住關鍵。

「嗯……這個我沒有太大的把握，只能看到時候劉格他們的進度。」曹覓有些羞愧。

但事實就是這樣，對於船隻這樣的大傢伙，她實在給不出太多建議了，只能指望到時候劉格去當地招募一批造船的老手，然後在資金充足的情況下，自己想辦法。

戚游定定地看著曹覓。

在他這樣的注視下，她也有些不好意思了。

這就好比你拿著專案計劃去找老闆投資，結果老闆一問收益利潤，只能回答道：「我都不確定能有利潤。」

試問誰會將資金投給這樣不靠譜的人呢？

但是戚游顯然不是普通人。

他思考了一會兒，道：「嗯，既然如此，便試試吧。我讓長孫淩領一隊親兵跟妳的人到梨州去。他就是南方人，家鄉在梨州北面，對梨州也熟悉。」

曹覓原本都覺得自己要失敗了，乍然聽到他這麼說，還有些反應不過來。

「王爺……」她小心翼翼地確認道：「你答應了？」

戚游疑惑地看了她一眼。「方才我說的，妳都沒聽到嗎？」

「不不不，我不是這個意思！」曹覓連忙擺了擺手，兀自琢磨了一會兒，終於相信了這件事，興奮道：「王爺能答應真是太好了，這樣子，北寺他們在梨州安頓下來的機會便更大了。」

戚游點點頭，突然又問道：「王府吃喝不愁，妳為何對囤糧一事如此上心？」

曹覓一愣。

戚游的懷疑其實不無道理。事實上，在盛朝，像曹覓這種身分地位的夫人，想的應該是那些琳琅滿目的奢侈品和玩樂，雖然也有開莊子的，但是很少有人會像曹覓一樣上心，還會心心念念著那些糧食的事情。

畢竟她身為北安王妃，即使天下有九成的人在餓肚子，也輪不到她受苦。

曹覓僵硬地扯了扯嘴角。「嗯……約莫是之前王爺說要收復邊關的事情，令我有些擔憂吧。大軍未動，糧草先行。到時候，兵卒的消耗便是一大問題。遼州的糧食本就比不上其他地方，我才更想著從外面弄糧食，再用更加便捷的方式運送回來！」

戚游笑了笑。「如此說起來，王妃還是為了本王著想？」

曹覓能怎麼辦呢？只能就驢下坡，點頭道：「我、我與王爺本是夫妻，為王爺著想，不是應當的嗎？」

戚游轉過頭，深深看了她一眼。「嗯，妳最好記住這句話。」

「啊？」戚游這句話說得有點輕，曹覓又正在走神，一時間沒有聽清楚。

但北安王卻沒有再說一遍的打算。他舉步走到門邊，微微側過頭，囑咐道：「趕了一早上的路，妳先歇息一下吧，我去找烈焰。」

曹覓愣了一瞬，隨即點點頭道：「好。」

相聚的日子總是短暫。

幾日後，王府門前又列起一條長長的隊伍，是戚游準備啟程前往昌嶺的車馬。

曹覓帶著三個孩子送行。

春寒料峭，空氣卻難得清新，三個孩子昨日明明已經哭過一通，臨到送別時，眼眶還是有些發紅。

戚游作為父親，對著三人告誡了一番。

之後，他直起身來，看著曹覓。

曹覓朝他笑了笑，以為戚游又要如往常一般，說些讓她照顧好府中，照顧好孩子們的例行話。

但這一次，戚游卻什麼都沒說。

他直接傾過身，雙臂一張，將她攬入懷中。

相擁的時間並不長，戚游只停頓了約莫一息，便放開了手。

接著，他頭也不回地走到烈焰身邊，翻身上馬，朝著所有人吩咐了一句。「出發。」

車隊緩緩動了起來，徒留曹覓僵在原地。

一直等到車隊拐過街角，再也看不到了，戚瑞才發現曹覓的異狀。

他拉了拉曹覓的手，詢問道：「娘親，怎麼了？」

曹覓回過神來。她環著手臂，微微抱住自己，略帶歉意地解釋了一句。「可能外面有點冷，方才不留神愣住了。」

戚然聞言，馬上用自己的小胖手搓了搓她有些冰涼的手掌，道：「娘親，那我們快點回屋裡頭吧，父親都看不到了！」

曹覓點點頭。

她原本也不覺得有什麼，初春雖冷，出門前東籬還為她加了一件厚實的披風，只是方才戚游那一抱，讓她知道了真正的溫暖是何種模樣。

如果曾經被心上人真摯擁抱過，多厚的衣裳都擋不住孤單一人時的冰涼。

曹覓自嘲地彎了彎嘴角，帶著三個孩子回了王府。

戚游走了，日子還是照常地過。

其實去年冬天是因為受傷了，他才能回來住上好幾個月。往常時，他不在王府中才是常態。

可曹覓就是覺得有些不習慣。

好在她掩飾得好，外人一般很難察覺她的焦躁。

戚游走後沒幾天，長孫淩帶著一批懷通的匠人來了康城。

匠人們帶來了通透的琉璃鏡片，並會留在康城中，幫忙研製顯微鏡。

曹覓見戚游真對這事上心，也認真了起來。除了之前準備要做的顯微鏡，還到空間中找了點望遠鏡的原理，也告訴了這些匠人讓他們嘗試研製。

很快，這些人被安頓在王府中，與王府原本的匠人們一起開始磨製凹面鏡、凸面鏡的活計。

這些事情需要長久的試驗鑽研，急也急不得，吩咐戚六派來侍衛，將此處把守起來，曹覓又帶著長孫淩前往容廣山莊。

長孫淩率領著手下一百多個兵卒前來，正是應了戚游的吩咐，準備護送北寺一行前往梨州尋找能夠安頓的地盤。

北寺早就安排好了，容廣山莊的車隊滿滿當當地蜿蜒在路邊。

這一次他們攜帶的除了一路的口糧，就是棉花紅薯辣椒這些種子。考慮到梨州路遙，在水路成功開闢之前，來往一次並不容易，曹覓乾脆直接將花生和南瓜種子也送到了北寺手裡，吩咐他找機會嘗試栽種。

至於常見的稻米小麥這些種子是不用帶的，到時候可以就地採買。人手也帶得不多，到了梨州之後，直接在當地聘用長工就是了。

曹覓將北寺和長孫淩叫到了山莊的書房內，拿出了兩封厚厚的信封。

「這兩個信封中，一個記載了新式的曬鹽之法。曬鹽法出鹽的方式，比如今慣用的煮鹽法快上許多，也方便許多。你們到了梨州之後，一定要控制一處沿海的地方，進行試驗。另外這一個，是製糖之法。我聽說梨州有甜菜和甘蔗，這些東西喜熱，只有梨州出產的品質上等，你們到了梨州之後，可以多收集這兩種東西。製糖的事情你們先準備著，等劉格帶人過去之後，會幫忙改善相關的技藝和工具。如果信封中的方法能夠順利弄出來，那以後王爺的軍隊那邊就不愁了。」

北寺珍而重之地接過兩個信封，行禮道：「必不負王妃重託。」

長孫淩本以為這就是個簡單的護衛工作，心中還有些輕視，不知道王爺為何非要他的一隊精兵盡數過來。

此時見到曹覓放出了兩個大招，他驚得差點忘記跟著行禮。

他是南方人，又跟隨戚游許久，見識不低，自然知道鹽和糖這兩種東西的重要性。思及此，他收了所有的輕蔑，與曹覓拜道：「王妃放心，屬下必盡全力。」

曹覓點點頭，道：「梨州的事情就要託付給你們了，你們準備一下，明天就出發吧。」

北寺和長孫淩跪下拜道：「是！」

隔天清晨，兩人率領的隊伍整裝完畢，浩浩蕩蕩地離開山莊。

曹覓目送他們走遠，想到接下來將要爆發的一連串天災人禍，幽幽嘆了一口氣。

第七十章

昌嶺，北安王營帳外，信鷹振了振翅膀，接過戚三丟過來的一小塊鮮肉，隨即盤旋而上，飛上晴空。

時已入夏，豔陽高懸於蒼穹之上。

戚三的眼神跟隨著信鷹，不一會兒便被陽光灼痛了。

接著，他回到了營帳內。

帳中，戚游已經看過了遞回來的消息，對雷厲和陳賀說道：「羅軻說，如今草原深處的王帳已顯亂象。大王子死後，其他勢力的人忙著瓜分他的地盤，可汗的兩個兄弟還有其他四個兒子，都在謀劃著繼承人的位置。拒戎城那邊，暫時不會有人來接管。」

「太好了！」雷厲一拍桌子，豪氣萬千道：「王爺，您快往朝廷去信，請求出兵吧！如今拒戎城就那幾百號人，咱們帶人一起殺過去，直接將拒戎城拿回來！」

去年秋，戚游帶著人往拒戎城走了一趟。他親身上陣，帶的都是手下親兵，對於自己沒有跟著一起去這件事，雷厲耿耿於懷了許久。

倒不是戚游不想帶上他，而是戚游其實指揮不動他。

雷厲和陳賀說到底還是朝廷的將士，他們的職責就是鎮守邊關。平日關於鎮守的事宜，他們可以聽從戚游的調遣，但是涉及離開邊關，主動對外出擊這種大事，就連他們自己都沒有權力決定。

這樣非緊急情況下的調兵遣將，需得由朝廷批覆下令，雷厲和陳賀才能動彈。此時，戚游若是想帶著雷厲一起前往攻占拒戎城，就要先上書，得到上面的同意之後才能行動。

戚游看了猴急的雷厲一眼，似笑非笑問道：「你覺得朝廷那邊會同意出兵嗎？」

雷厲根本沒管那麼多，揮手直接道：「瞎子都該知道現在是最好的進攻時機了！除非朝堂上那一群都是傻蛋，否則怎麼會不同意？」

戚游沒有回應，但陳賀忍不住了。他瞪了雷厲一眼，道：「你想得太簡單了。朝廷那邊還要考慮糧草兵器這些消耗的問題，以及拿下了拒戎城之後，戎族會不會帶人反撲。」

雷厲反駁道：「方才王爺不是說了嗎？戎族自己都內亂了，就算我們把五城都收復了，估計那邊都不會理會我們。」

「這可不一定。」戚游淡淡道，指了指地圖。「拒戎城離昌嶺最近，離草原那邊最遠，如果我們只拿下拒戎城，戎族不會在意。再往北的抗戎城和封戎城也可以試探著進攻，我有把握，戎族王室那邊也不會因為這點小事，放下恩怨一致對外攻擊我們。但是……」

他的手指停留在最北部的兩座城池。

「震戎城和懾戎城已經深入草原，其中，震戎城甚至是當今可汗親叔叔的封地。依我所見，戎族絕對不會輕易放棄這兩塊地方。」

陳賀聽完，贊同地點點頭。「王爺說得對。其實……只要能想辦法解決朝廷那邊的阻撓，我們直接可以拿回三座城池。只是五城失陷已經有五十年，我怕上面對這些地方，已經絲毫不在意，那些人估計只會心疼出兵的損耗。」

雷厲咬著牙，拳頭往桌子上重重一砸。「難道我們就眼睜睜看著這個機會錯失，等戎族那邊緩過勁來？」

戚游冷哼一聲。「當然不是。」他也不隱瞞自己的計劃了，直接道：「不上書，本王也能拿下拒戎。拒戎城中如今守備疏鬆，還有我的人隱藏在其中，光憑我手下的一千親兵，也足以拿下。」

「對啊！」雷厲反應過來，雙眼發亮道：「這樣一來，我們就不用向朝廷上書了！」

「不，」戚游道：「還是要上書。」

「啊？」雷厲根本沒反應過來。

戚游對著等在一旁的戚三吩咐道：「戚三，你按照我平常的口吻寫一封信送到京城。就說因為戎族主動挑釁，我們已經拿下了拒戎城，俘虜戎兵五百，並金銀若干，請求朝廷出兵，讓我繼續帶領大軍，往北攻占抗戎城和封戎城，形成穩固防線，抵禦戎族南侵。」

戚三答了一聲。「是！」

雷厲已經懵了，陳賀卻凝眉思考著，半晌道：「王爺，您的意思是……」

戚游解釋道：「朝廷那邊看不到成果，是不會貿然出兵的。我必須讓皇上知道我們是真的有取勝的把握，他才會鬆口。到時候，有拿下拒戎城的成功例子在先，加上我的人在京中運作，出兵的事情便十拿九穩了。此間消息往來需要三、四個月，本王會趁這段時間拿下拒戎，之後你們便可以跟隨我出兵，直接將邊線往北推進幾十里了。」

戚游身為王爺，能掌控的親兵數量是有限的。

因為遼州的特殊，他已經將親兵的數量擴充到兩千員這個極限。除去另有任務的戚六和長孫淩這些人，他能帶領出去的親兵約莫有一千兩百員。

這些人，攻下亂成一盤散沙的拒戎城沒問題，可是面對拒戎失陷後，有了準備的另外兩座城池便有些難了，何況到時候戚游肯定還要分出一部分人手，留在拒戎城中防守。

想要繼續往北，他必須得到更多的兵力支持。

而這一番話說完，雷厲和陳賀也就醒悟過來了。

其實戚游這個計劃，有明顯的欺君嫌疑，畢竟這個時候，他根本還沒動手，談何已經拿下拒戎？

雷厲才不會想那麼多，已經歡呼著拍起戚游的馬屁，連連道：「王爺英明！」

顧慮比較多的陳賀則眉頭緊皺，明顯還是搖擺不定。

但最終，收復五城的想法占了上風，他咬咬牙，不再想戚游此番行動中的逾矩之行，點點頭，也道：「王爺英明。」

戚游提醒道：「你們可以下去準備了，記住，此事暫時不宜聲張。接下來，本王的親兵會逐漸撤離出封平和昌嶺，準備出征的事宜，你們必須安排人將這些漏洞都補上。」

這才是他今天就跟雷厲和陳賀提起出征事宜的真正目的——貿然收攏自己的親兵，沒有與兩人打過招呼，肯定會引起一定的慌亂。

雷厲和陳賀拱手道：「王爺放心！」
戚游頷首，示意道：「嗯，你們先走吧，我再想想出兵的事情。」
兩人道了聲「是」，行完禮便退出了營帳。
雷厲根本壓不住內心的激動，他本就恨極了那些戎人，此番雖然不能第一時間跟隨戚游作戰，但是三、四個月後，只要朝廷的消息下來，他就能揮戈北上了！

這一日，戚三將經過幾次潤色的奏摺交到了屬下手上，囑咐道：「走吧，路上小心。」
幾個屬下已經上了馬，對著他點頭致意，隨後策馬離開了昌嶺。
雷厲湊到戚三身邊，問道：「請求出兵的奏摺已經送出去了？」
戚三朝他行禮，道：「是。」
「嘿嘿！」雷厲掐指算了算。「好、好！這樣的話，再過三個月，老子就能拉著兵蛋子們出去溜溜了！」
戚三點點頭，笑著恭喜道：「將軍必能得償所願！」
雷厲聽得開心，伸手直接攬過他。「走走走，奏摺終於送出去了，你這幾天閒下來了吧？今晚去我那裡喝一杯！」
戚三擺擺手，無奈道：「將軍，這可不行，下官另有事情要辦。」
「嗯？」雷厲有些詫異。「怎麼，你才剛忙活完吧？王爺難道都不讓你休息下的嗎？」
戚三解釋道：「明日我休沐，可以休息兩天，但是今日確實還有事，晚上恐怕不能與雷將軍暢飲了。」

話畢，卻見他突然眼前一亮，朝著前頭走去。

雷厲順著他的方向看去，這才發現道路盡頭出現了一個車隊。他湊了過去，詢問道：「你是在等那個車隊？」

接下來要辦的事並不是什麼機密，戚三乾脆地點點頭，道：「是。」

「那是什麼？」雷厲又問。

戚三解釋道：「是王妃送來犒賞王爺親兵的物資。」

聽到這話，雷厲難以置信地嚷嚷道：「又是王妃？我記得上月月初的時候，王妃不是剛往昌嶺送來一批嗎？怎麼現在又來了？」他掐指算了算時間，隨後酸道：「敢情第一批東西還沒到，王妃就把第二批送出來了？」

戚三搖搖頭。「也不是。如今水泥路不是修到懷通那邊了嗎？兩地運送東西快了許多，王妃應該是收到王爺回信之後，才準備了這批東西送來。」

雷厲疑惑地抓抓腦袋。「水泥路？這是什麼東西？」

「就是用水泥鋪設的路面。」戚三關注著朝昌嶺而來的車隊，一邊分出心神解釋道：「王爺在年初吩咐下來的，要修一道從康城到昌嶺的平整道路。因為將道路分成了若干段，每段由不同城池負責，在水泥供應上之後，道路的修建速度十分快。據下官所知，如今已經差不多修到懷通那邊了。等到下個月，懷通和昌嶺這一段開始動工，這一整段便算是連上了。」

雷厲若有所思道：「原來是這樣。」

「原本從康城到昌嶺這邊，運載著大量物資的車隊得走上整整一個月，但是水泥路修好之後，時間能縮短將近一半呢！所以並不是王妃送得勤，不過是路上的時間變短了而已。」

聞言，雷厲摸著下巴，套近乎地直接攬過戚三的脖子，壓低聲音道：「戚三兄弟，你別跟我見外，告訴我，王妃這一趟趟的都給你們送了什麼好東西啊？」

戚三看了雷厲一眼。

曹覓每次送的東西其實不少，但如今戚游手下的親兵已經擴充到一千以上，一整個車隊的東西他帶回去分一分，未必每個人都能安排到呢！如今雷厲明顯一副眼饞的樣子，怎麼能據實相告？

他敷衍道：「就是些尋常的東西，沒什麼特殊的。」

雷厲一瞪眼，一副「你別想矇我」的模樣。「怎麼回事啊？王妃送來的，哪能有不好的啊?!」

他可沒忘記那些火炕和羊毛衫給軍隊帶來的好處。

戚三眼見糊弄不過去，乾脆換了一個方式，又道：「雷將軍，東西都是王妃指定給王爺和我們這些親兵送來的，下官確實不知道有什麼特別的。」

他把「指定」兩個字咬得很重，希望雷厲能聽懂他的言外之意。

雷厲才不會被他嚇走，乾脆不再說話，兀自抓耳撓腮了一陣，突然想起什麼，提步朝著戚游營帳跑去。

他面上已經不復方才的焦躁，邊跑還邊得意地喃喃道：「找王爺！對對對！找王爺給我作主去！」

一切準備就緒，戚游帶著自己的親兵秘密北上。

他首先在張氏所在的阿勒族落腳。

即使提早有準備，阿勒族的人看到這一千多個威風凜凜的兵卒，還是忍不住心中打怵。

張氏將戚游請到一間乾淨的戎族營帳中。「這是為王爺特意準備的新地方，時間倉促，準備不甚周全，還請王爺莫要嫌棄。」

戚游倒不在意這種細節，隨意找了個地方坐下。「如何？之前的事情順利嗎？」

張氏答道：「順利。」

她讓人送來點心和奶茶，將幾日前阿米部落的事情與戚游詳細說了，又道：「……像阿米部落這樣的可汗死忠，這段時間已經都被找了出來，直接解決掉了。如今包括阿勒族在內，附近的五個部落，都願意無條件配合王爺的行動。」

戚游點點頭。「嗯，妳辛苦了。」

阿勒族這些部落所在的位置是戎族地盤的最南邊，也就是昌嶺和拒戎城中間。

從決定出征拒戎城，到今天已經過去了一個多月。這段時間內，戚游一邊在昌嶺調集親兵訓練，一邊便找來張氏，談起了阿勒族這些部落的事情。他不可能眼睜睜放著阿勒族這些隱患，在他進攻拒戎城的時候，弄出什麼意外。

依照戚游原本的想法，他是想先派人直接鎮壓這幾個部落的，畢竟阿勒族這些被趕到南邊的戎族部落，戰鬥力在手握精兵的北安王面前，根本不夠看。

但是張氏卻說，她能辦妥這件事。

戚游便給了她一個機會。所以這一次，他的人沒有直接插手，只默默關注著這裡的情況。

事到如今，他知道張氏將事情辦得很好。

張氏聞言搖搖頭，道：「不敢，民婦能做到這件事，蓋因王爺和王妃這些年來對民婦的支持。如果不是羊毛交易和集市那邊對阿勒族的優待，民婦也不可能在這些戎族人中擁有這樣高的聲望。」

戚游笑了笑。「不必自謙。換個尋常女子來，不一定能做到妳這般程度。」

張氏得到誇讚，心頭也是一喜，可想了想，又道出自己這兩日的擔憂。「王爺……民婦有些怕，許多部族的人並不是真心歸順。」她將那一日聽到的話在戚游面前複述了一遍。「……那些人只是眼看著如今王爺強勢，又能給他們生路，這才願意配合。如果有一日，戎族那邊……他們也會像之前的天夷族一樣，直接倒戈。民婦這幾天一直擔心這個，不知如何是好。」

戚游聞言，冷笑一聲。

不同於張氏的擔憂，他並不在意這種事情。「戎族自古以來就是這般模樣，不僅今朝，前朝亦發生過諸如此類的事端。那些曾經依附於盛朝的部落，如今都在何處呢？趨炎附勢自古有之，說是『明智之選』，也不為過。」

張氏愣了愣。

戚游這番話並沒有打消她的疑慮，反而讓她更加憂慮。

戚游笑了笑，又道：「人活百年，未來的事情誰也無法預料。本王只知道，只要本王在遼州一天，他們就該知道，誰才是他們真正的靠山！」

第七十一章

在阿勒族休整過後，戚游便用最快的速度進軍，於幾日之後，順利抵達拒戎。此時的拒戎城不復之前的井然有序，城中雖然仍有守軍，但因為沒有強有力的領導，一直是一盤散沙的狀態。

經過一天的攻城之後，戚游不費吹灰之力便拿下了這座和盛朝失聯了五十餘年的城池。城中的火光燃燒了一整夜，第二天，城中已經被完全控制住。

彼時，戚游站在內城一處難得完好的建築中，聽著戚三和格爾彙報相應的情況。但見一切都在自己的預料之中，他點了點頭，看著書案上的地圖思考起來。

「……如今拒戎城內已經基本安定，屬下待會兒便派人回昌嶺，與雷厲將軍和陳賀將軍報喜。」戚三拱手說道。

戚游點點頭。「嗯，這個你去安排。另外……」他抬頭看了格爾一眼。「格爾，你想辦法找些人到抗戎和封戎去，查看一下這兩座城的情況。雖然我們盡最大努力阻止消息傳出去，但是最多半個月，拒戎城失陷的事肯定會傳到那邊去了。」

格爾行禮道：「王爺放心，屬下待會兒便派人去辦。」

戚三突然有些憂心忡忡地說了一句。「王爺，如今拒戎城已攻下，如果我們要準備繼續北上，少了雷將軍和陳將軍可不行。當初那封奏摺應當已經送到京城中了，也不知道調兵的事情順不順利……」

戚游勾起嘴角笑了笑。「奏摺中的內容沒有問題，如今朝中應該開始爭論此事了。」

「時機不等人。」戚三輕蹙著眉。「就怕事情拖得太久，到時候延誤了戰機。」

「這幾日裡就該有定論。」戚游卻不擔心，只道：「你該相信戚一和戚七的能力。」

提起兩個一直留在京中的同伴，戚三眉目間舒展了開來，頷首道：「嗯，是我多慮了。我只會打仗，論起朝堂，還是他們兩個得心應手些。」

見戚三似乎不再擔心，格爾冷不防冒出一句。「就怕那群小人玩陰的。」

他這話一出，戚游和戚三都朝他看過來。

格爾意識到自己說錯了話，連忙請罪道：「王爺恕罪，屬下口不擇言了。」

戚游並不在意，只擺擺手。「嗯，此間沒什麼事情了。累了一天一夜，你們先下去休息吧。」

戚三和格爾聞言便拱手道了聲「是」，很快地各自離去。

康城，北安王府。

戚安拿著府中匠人新研製的雙筒望遠鏡抵在眼前，遙遙望著西面。

戚然在旁邊急得直跳腳。「二哥！你也給我看看！給我呀！」

「別吵！」戚安不理會他，出言警告了一句。

戚然停下來，嘟著嘴詢問道：「二哥，你看到什麼了？」

曹覓見兩人一臉認真，便走過來湊了一下熱鬧。

只聽戚安沈默了一會兒，便嚴肅道：「父親書房外面那棵李子樹上，真的還有另外一個鳥窩，就在那最頂上。」

「啊？」戚然絲毫沒意識到「危險」臨近，愣愣答問道：「我們上次怎麼沒找到？」

曹覓聽了一會兒，好笑地嘆了口氣，一伸手，將望遠鏡拿了回來。

雙胞胎這才發現她過來了，悻悻地轉過身子，喊了一聲「娘親」。

「上次是什麼時候？」曹覓與他們算起舊帳。「你們又拖著戚六帶你們去爬樹了？」

戚安和戚然這時候發揮了雙胞胎的默契，一左一右地搖頭。

「嗯，沒有嗎？」曹覓明顯不信地蹙了一下眉。

戚安繼續搖頭，戚然則突然說道：「不是找戚六去的，是找天樞和天璇帶我們去的！」

曹覓還沒說話，戚安就瞪了自己的傻弟弟一眼。

「好啊，戚六不陪你們胡鬧，你們就找到戚瑞那邊去了？」曹覓數落道：「看來，林夫子留下的課業還是太輕鬆了，得教他好好管束你們才是。」

「娘親！」雙胞胎不依了，撲上來抓著她的裙角撒嬌。

曹覓無奈地搖頭笑道：「好了，別胡鬧了。」她舉著手上的望遠鏡。「這個東西，匠人們那邊還要再調整呢，我就是來把東西拿回去。」

說著，她半蹲下，對著雙胞胎叮囑道：「對了，望遠鏡和裡面那臺顯微鏡，是如今王府中最重要的兩樣東西，不可以隨意說出去，知道嗎？」

戚安她是不擔心的，這孩子看著小，心眼可能比她還多。但是戚然就不一樣了，這個孩子不小心什麼話都說得出來。

但見母親如此嚴肅地告誡，兩人還是鄭重地答應了下來。「好。」

曹覓點點頭，領著他們往屋裡走。

屋內，戚瑞正站在椅子上，傾著身子去看那臺造型相當先進的顯微鏡。

胡神醫站在他身邊。「怎麼樣，看到了吧？」

戚瑞將眼睛移開，點點頭。但隨即，他又有些奇怪。「可是這些東西……看起來好奇怪，它們怎麼長這個模樣？」

胡神醫摸了摸鬍子。「老夫也不知道，不過它們確實是活著的。大公子看到裡面左上角有一隻外緣黏著一粒黑點嗎？」他瞪大了眼睛，十分驚喜道：「看起來就像是在吃東西一樣！」

戚瑞聞言，又將眼睛湊了過去，隨後道：「嗯，確實是！」

正帶著雙胞胎進來的曹覓聞言笑了笑。

「今後有了這個，胡神醫的研究就能方便許多。」

胡神醫連忙對她行了一禮。

培養細菌的實驗進行得越多，胡神醫對曹覓就越是尊重。如今，顯微鏡如她所言研製了出來，胡神醫也親眼看到了細胞細菌的模樣，此刻簡直要將她奉為聖人了。

「王妃真乃神人也，這一切，都如您所料的實現了！」

曹覓自己也是站在巨人的肩膀上，才比這個時代的人了解得更多，此時聽到胡神醫的讚美，倒是有些不好意思了。

幾人又閒聊了一會兒，胡神醫叫來兩個弟子，小心地把顯微鏡抱走了，曹覓則與旁邊的匠人說起望遠鏡的改善事宜。

「……倍率這些還是能夠繼續提升，還有將中間連接部分改成可以移動的，這樣不管是眼距多寬的人，都可以自己調整長短。」

匠人很恭敬，一邊聽，一邊在心中記下曹覓的吩咐。

曹覓說完之後，誇讚道：「不過短短數月，如今能看到這般成果，我很是驚訝。如今望遠鏡已經可以使用，我會先派人把這一個送到王爺那邊。等到新的研製出來，你們再多製作幾個吧。但願這些東西送去得及時，能真的幫上王爺的忙才好。」

匠人在旁邊點點頭，堅定道：「王妃放心，一定可以的。」

曹覓不知道，如今她該憂心的不是已經順利拿下了拒戎城的戚游，而是她自己和三個孩子。

又過了小半月，她收到來自梨州的信件。

長孫淩和北寺如今已經在梨州安頓下來，他們在海邊買了一大塊地建了莊子，如今已經開始栽種糧食並試驗曬鹽之法。

曹覓讀完信，對著東籬吩咐道：「東籬，妳找個人往容廣山莊跑一趟，將劉格還有俞亮叫回來。」

東籬對著曹覓行了一禮，道：「是。」

旁邊，三個孩子正在書案上作畫。見她看完信，戚瑞照例關心一句。「娘親要把劉格和俞亮送到梨州了？」

「嗯。」曹覓點點頭。「該讓他們過去琢磨怎麼造船了。」

她不想在這種親子時間聊其他事情，於是轉移話題，詢問旁邊畫得正專心的戚然。「然兒畫了什麼？」

之所以只問老三，是因為她實在看不出來戚然紙上的線條到底是個什麼意思。

戚然只覺曹覓是對自己的作品感興趣，便道：「這是我們上次和父親在廊上畫燈籠的時候啊！」接著，他又挨個兒介紹占據畫面大部分的四個人物。「這是父親，這是娘親、大哥、我……」

前面的介紹完了，他才從角落中扒拉出來一個黑點。「這是二哥！」

曹覓正有些哭笑不得，戚安已經開始發難了。

他狠狠瞪了戚然一眼，便拉過曹覓說：「娘親妳看，這是我畫的。」

戚安的畫作雖然也十分童真，但曹覓大概能辨認出來。她確認道：「這是我們家中五人……嗯，在塞外策馬的模樣？」

這番比較之下，她算是看出來了。戚然還念念不忘年前一家五口的團聚，而戚安心中卻在盼望著前往塞外。

戚安點點頭，雙眼發亮地尋求認同。「好看嗎？」

曹覓點頭，肯定道：「當然。」

兩人的對話把戚然也引得湊過來。

他擠進兩人中間，嘟著嘴評價道：「好醜喔！而且我們才不會去塞外呢，塞外都是戎人！」

戚安冷哼一聲。「你才醜！為什麼不會去塞外？我們將來肯定要攻打戎族的啊！」他滿意地看著自己的作品，昂揚道：「到時候，娘親就可以跟我們一起去了。」

戚瑞聞言，也點頭附和道：「對！」

「你們心中，就記掛著征戰的事情呢！」曹覓有些無奈。

母子四人正聊得開心，東籬突然進門稟告道：「王妃，管家求見。」

曹覓一愣。

管家向來很有分寸，不會在這種時間過來打擾。現在過來，肯定是有什麼正事。

她站起身，道了聲「好」，尚未意識到事情有多嚴重，只對著兩個大孩子說：「你們照顧好弟弟，娘親辦完事就回來。」

戚瑞點點頭。「娘親，不用擔心，您去吧。」

曹覓笑著頷首，沒有耽擱，與東籬三步併作兩步來到議事廳時，卻見廳中不僅只有管家，還有一臉嚴肅的戚六。

曹覓心頭咯噔一聲，有了不好的預感。

「發生什麼事了？」在主座坐定後，她開門見山問道。

戚六鄭重行了一禮，隨即道：「王妃，我接到京城密報，近期聖上欲接您和三位小公子入京照顧……」

這消息太過隱秘，如果不是戚游早先在曹覓的提醒下加強對京城的關注，恐怕現在還被蒙在鼓裡。

曹覓擰著眉，不自覺地重複道：「接我和三個孩子入京？」

但她很快想明白了。

「我記得王爺正在前線打仗，剛剛上書向朝廷那邊討要了兵馬，對吧？」她確認道。

對於這些事，戚游從來沒有特意隱瞞她，所以該知道的大事，曹覓即使不清楚細節，也知道個大概。

戚六聞言，點了點頭。

曹覓這下便肯定了自己的猜測，冷笑一聲。「呵，所以此番名為接我們入京照顧，實際上怕不是要以我們為人質，押在京城牽制王爺。」

管家肯定道：「是。王爺出征的事情已是板上釘釘，宰相和兵部尚書沒能成功阻撓這事，必定會在其他事情上作文章，給王爺下絆子。」

「只是我們一開始都沒想到，他們居然會使出這樣陰毒的法子。」好半晌，曹覓呼出一口氣，詢問道：「管家，你輔佐王爺，比我更了解朝中局勢。如果這一次皇帝沒有如願抓到我和幾個孩子，可會對王府造成什麼影響？」

曹覓當然不想帶著孩子入京，過上那種擔驚受怕的日子。

但其實往深了想，即使入京為質，只要戚游攻戎順利，那麼他們母子的安全就不會受威脅。但若這次抗旨了，就會讓北安王府和朝廷撕破臉面，到時候皇帝轉暗為明，一頂「抗旨不遵」的帽子扣下來，怕是更加不能善了了。

管家還未回答，戚六卻已經厲聲道：「王妃和三位公子絕對不能到京城去。」見年老的管事不贊同地瞪向自己，戚六毫不退縮，又道：「我比您更了解王爺，王爺絕對不會看著自己妻兒在這種時候，被送到危機四伏的京城。」說完，他還攥緊拳頭又強調了一句。「無論京城有多少保障，都不可以！」

管家見狀，幽幽嘆了一口氣，看了曹覓一眼，道：「若是如此……或許，只有一個辦法了。」

「什麼辦法？」曹覓問道。

管家便道：「老奴的想法是，王妃直接帶著三位小公子到王爺那邊去。到時候京中的人來了，老奴便可以回絕他們，說王妃和小公子們因為掛心王爺，發誓要與王爺共存亡，早就啟程與王爺共赴前線！」

曹覓微愣。「你是說……讓我帶著瑞兒他們到昌嶺去？」

管家點頭。

要是以前還好說，可如今戚游主動對戎族發起進攻，昌嶺和封平這些地方，就要進入緊急狀態，時刻防備著敵人的襲擊。

自古只有權貴往安全的城池避難，哪有往邊關跑的道理？

曹覓想了想，卻發現如今似乎只有這個辦法了。

她呼出一口氣。「嗯，只能如此了。」

戚六有些擔憂地皺起眉頭。「王妃……」

「不用說了。」曹覓抬手打斷他。「管家的想法，我方才也考慮過。現在想想，如果不想明著抗旨，就只有這一條路了。其實王爺身邊精兵良將眾多，如果在他身邊都有危險，那留在康城或者去京城，又有什麼區別？我帶著瑞兒他們去昌嶺找王爺！」

管家和戚六見她心意已決，只拱手行禮道：「是，小人這就下去安排。」

曹覓揉了揉眉心，道：「去吧。」

第七十二章

再說昌嶺這邊，攻下拒戎城，暫且安排好城中的事務之後，戚游便帶著一小隊人回了昌嶺。

按照他的計算，此時朝廷同意調兵的旨意應該已在路上，他要回來先與雷厲和陳賀定下作戰計劃。

這樣，聖旨一到，他們便可以直接出兵，免去耽誤的時間。

戚六的密信送到營帳外時，他正盯著封戎城，與雷厲和陳賀說得認真，連喝口水的功夫都沒有。

戚三攔住了送信的將領，小聲道：「王爺與兩位將軍正在議事，有什麼事，等會兒再進去稟告。」

將領對著戚三笑了笑。「戚三大人，這是戚六大人送來的密報，您看……」

「戚六？」戚三接過密信，摸了摸信封上的藍印，道：「藍色印，是重要的消息，但並非十萬火急。」

「對啊！下官想著戚六在王府嘛，王爺可是十分重視王妃和三個公子那邊的消息，這才火燒火燎地送過來。」

戚三笑著看了他一眼，道：「戚六知曉分寸，如果真是需要你『火燒火燎』的事情，就得配紅印了。你若還有事便先下去忙吧，這封密報我待會兒呈給王爺便是。」

將領點點頭，轉身走了。

戰鬥部署進行了整整一個白天，夜幕降臨時，戚游才吃上涼了大半的晚膳。

戚三正準備叫人換一份，卻被他制止。「無所謂了，如今天熱，吃點涼的還暢快些。」

戚三見戚游已經自顧自吃了起來，這才停了動作。

戚游吃著飯，看到案上堆疊的幾沓文書，揉了揉眉心，問道：「近來有什麼要緊事，你直接說與我聽吧！」

戚三頷首，揀著軍中重要的事務說了，戚游一邊應和幾句，轉眼間處理掉了好幾件緊急軍務。

見其他的事情也不是非今日處理不可，戚三便停了嘴。

驀地，他想起什麼，從懷中掏出一封密信。「下午您與雷將軍他們議事的時候，情報部收到戚六寄來的密函。」他觀察著戚游的神色。「王爺不想看文書，我唸予王爺聽？」

戚游點了點頭，突然又笑道：「算了，給我吧，我自己看。」

戚六保護的是曹覓，戚游不在府中的時間，很多密信都是與曹覓和三個孩子有關。勞累了一天，雖然不想看那些軍務，但戚游自認看看與曹覓有關的事情，還是令他很有興致的。

他將筷子放下，在旁邊的手帕上擦了擦手，這才將信件拆開。

戚三盼望著信中是好消息，這樣至少能令北安王開心幾日。但他也不擔心是什麼壞消息，畢竟整個遼州之內，有誰能欺負得了北安王妃？

但這一次，他失算了。

只見戚游越看，面色越黑，最後他甚至狠狠在案上拍了下。

戚三嚇了一跳，回過神來後急忙跪下。

他跟隨戚游多年，自然知道戚游是喜怒不形於色的人物，信中內容能引得戚游失態，便知絕對是有人觸了逆鱗。

他著急問道：「王爺，府中可是發生了什麼事情？」

戚游的左手緊緊攥拳，不住顫動著。

「戚三，你說，我這個皇姪究竟是在想什麼呢？」

這句話若被有心人聽了，少不得要被安一個「大不敬」的罪名。

老皇帝年紀雖然比戚游大上許多，但真正論起輩分，戚游這個北安王還算是當今聖上的叔叔。

來到遼州之後，戚游其實也放鬆了對朝廷的防備。他覺得自己失去北安這塊富饒的封地，皇帝對北安王府的猜忌便能少一些。

但哪裡知道，皇帝真正猜忌的是他的一身本事。平庸的君主不允許有個如此優秀的親眷存活在世上，何況朝中還有一大批官員在煽風點火。

戚游突然想明白了——只要自己還活著一天，皇帝便容不得自己。

戚三很快抓住了這其中的干係，確認道：「皇上對王府動手了？」

「呵！」戚游冷哼一聲。他閉了閉眼，將先前諸多想法暫時壓下，只道：「他怕我在塞外作戰，顧及不到府中，想把王妃和三位公子接到京中照顧，所以秘密派遣了隊伍入遼州。王妃已經帶著人趕在這之前，踏上來昌嶺的路。你準備一下，半個月後他們就該到了。」

「是！」戚三按下心中翻湧，斂神回應道。

戚游轉身，隨手將信件在旁邊的燭臺上點燃。

那密信很快燃燒起來，火光躍動，映在他如墨的眼眸中，卻照不亮那一片漆黑的深沈。

「是我疏忽了……」半晌後，他喃喃自語道。

得益於已經修建完成的水泥路，王府的車隊在耗時近半月之後，順利趕到懷通。

戚游依舊像上次一般，帶人來到此處接應他們母子。

馬車一停，曹覓當先掀開車簾準備下車，卻見等在一旁的不是東籬，而是穿著便裝的北安王。

曹覓一愣，脫口而出道：「王爺怎麼在這裡？」

戚游看著她。「怎麼，我不能在此處？」

曹覓不好意思地別過了頭。「你之前說要收復五城，我以為，你應該在塞外……」

「嗯。」戚游淡淡解釋道：「前段時間，我已經帶人回昌嶺部署，順便等待朝廷的調兵令。知道你們過來，便多待了一陣。」

曹覓聞言，點了點頭。

兩人相顧無言，沈默了一陣，直到戚游伸出手。「不下來嗎？本王接著妳。」

曹覓不知為何有些面紅，輕咳了兩聲，故意避開朝自己伸過來的手掌，伸手搭上戚游的肩膀。「煩勞王爺了。」

她只希望儘量讓自己看起來就與面前的男子一般平靜，而不是什麼與情人久別重逢的激動小女生。

畢竟人家與她交談的時候，眉目依舊平靜，與平常並無兩樣。

這像一場憑空而生的較量，好像誰先表現出在意，誰就輸了一般。

但她左腳剛碰到地面，就被一陣力道往前一拉。

她本就花費了全部精力才勉強維持住這個姿勢，此時一受驚，整個人失去了平衡，直直跌到戚游懷中。

直到被牢牢擁住，曹覓還在想著自己發生了什麼事。

戚游在她耳邊問道：「沒事吧？」

感受了一下腿腳無事，曹覓回道：「沒事……」

「嗯。」戚游似乎輕笑了一下。「怎麼這樣不小心？」

「啊，是我不小心嗎？」她腦袋有些發懵。「剛才好像是……」

「是妳自己突然跌倒了。」戚游搶先道：「妳該攬住我的脖子，不是只扶住肩膀就可以。」

曹覓差點語塞。「可是之前東籬接我下來，我都是……」

「我與那些人怎麼一樣？」戚游又問。

她終於意識到不對勁，嘗試著仰了仰頭，想要從這個懷抱中退出來。

此處是個隱蔽的院落，雖然沒什麼人，但周圍還是守了一圈跟隨戚游而來的精兵，馬車後面還有一些她和三個孩子的貼身僕役。

曹覓覺得自己的臉已經紅得不能見人了。

察覺到懷中人的意圖，戚游乾脆加重了手勁。「不要亂動，想再摔一次嗎？」

「我已經下來了……」曹覓抗議道。

「那也得小心點！」

在車廂中等了一陣，沒見到母親回頭喚他們下車的三個孩子有些奇怪。

戚瑞與戚安對視了一眼。

用眼神示意戚安安撫好老么，戚瑞起身來到車門邊，撩起簾子往外看了看。

北安王與北安王妃正在車旁相擁著，說著旁人聽不到的悄悄話。戚游聽到動靜，頭也不抬地給自家大兒子遞了一個眼神。

戚瑞頓了頓，返身回到了車廂中。

戚然忍不住了。「大哥，娘親呢？我要下車，我要吃飯！」

戚瑞看了他一眼，道：「再等等，娘親還有事。」

「有事？」戚然疑惑地歪了歪頭。「有什麼事，要把我們留在車廂裡面才能做嗎？」

戚瑞一愣，一時間甚至不確定這個三弟是不是真的呆愣——怎麼隨便一開口，就能說到點上？

王府長公子認真地思索了一番，回答道：「因為娘親安慰你的時候，也沒辦法照顧我和戚安。她正在安慰父親，暫時沒空接我們下去。」

雙胞胎聞言，莫名其妙地對視一眼。

一直將父親和長兄視為無所不能的戚安癟著嘴問道：「父親那麼厲害……也需要娘親安慰嗎？」

戚瑞鄭重其事地點了點頭。「那當然。」他甚至舉了一個例子。「難道你將來長大了，就可以不要娘親了嗎？」

這個比喻十足奇怪，但這時候，以雙胞胎的見識顯然無法找出破綻。於是戚安毫無心理負擔地點了點頭，恍然大悟。「是喔！」

三個孩子在車廂中嘀嘀咕咕了一陣，聊得正歡時，曹覓終於從戚游懷中脫身。

她沒空藏起自己發燙的面頰，轉過身便準備接幾人下來。剛撩開車簾，就聽到戚然正好奇心旺盛地問：「那娘親要怎麼安慰父親啊？」

戚安的聲音隨即響起。「就是上次在廊上那樣嘛，啾啾啾！」他有些得意。「大哥雖然捂住了我的眼睛，但是我都看到了，嘿嘿！」

「沒有。」老大的聲音顯得相當理智。「就是抱在了一起。」

似乎苦於不知如何形容兩人擁抱的狀態，他又沒頭沒腦地拍了一下手，加了一個擬聲詞道：「啪！」

曹覓差點握不住手中的車簾。

有一瞬間，她的目光停留在車廂上，甚至想把車門焊死。

還是「冷靜自持」的北安王在她身後喚了一句。「瑞兒，帶著弟弟下車。」這才打破了此間的尷尬。

戚瑞一愣，隨即應了一聲「是」。

三個小公子挨個兒從車廂中鑽出來，戚游也不指望曹覓還能正常處事了，將她扶開之後，自己將三人接了下來。

接著，他抱著雙胞胎，曹覓也牽過戚瑞，一家五口邊聊邊往屋內走去。

北安王一家沒有在懷通停留，休息過一夜之後，戚游帶著他們來到昌嶺。

之前曹覓幾人也都在昌嶺住過，但當時是小住，房屋院落都只是湊合，此次戚三接到命令，已經將這一處重新翻修了一遍，看著亮堂了許多。

夜裡，幾人安頓了下來之後，曹覓便問道：「往後，我和孩子們就在這裡安頓下來？」

戚游嘆了口氣，點點頭道：「暫時要委屈你們一陣。」想了想，他補充道：「前幾日，我已經接到了朝廷的旨意，約莫一個月後，我便要帶著雷厲和五千精兵，進駐拒戎城。待我攻下抗戎和封戎，將北面的防線重新搭建起來之後，便可以與你們回康城待一陣，解決京城那邊的問題。」

曹覓聞言，點了點頭。

戚游看了她一眼，又解釋道：「其實你們入京的事情，我本有辦法直接回絕，但正如妳之前與我說的，明槍易躲，暗箭難防。將你們繼續留在康城，我怕那些人不死心，繼續使出什麼陰招，所以妳暫且與瑞兒他們留在這裡。陳賀會帶人鎮守於此，你們在這裡，我也安心些。」

曹覓道：「嗯，我知道的。只是……」想了想，她又與他確認道：「王爺接下來很長一段時間，都要留在拒戎城？」

「嗯，拒戎城雖然位於五城最南端，但其實四通八達，一百多年前與五城都有道路相通。」戚游也不隱瞞。「完全收復五城之前，我都會將那一處作為據點，屯兵鎮守。」

曹覓嘆了一口氣。「一座破敗之城，怎麼有資格成為王爺的據守之點呢？」

戚游轉過頭，若有所思地看著她。「這是什麼意思？」

「王爺，我不想留在昌嶺。」她也不委婉了，開誠布公道：「我想帶著孩子，跟著你到拒戎城。」

「妳知道拒戎城是什麼地方？」戚游眉頭緊擰著，似乎曹覓說的是什麼大逆不道的話。

「我知道。」曹覓堅定道：「可是留在昌嶺又如何？如果朝廷鐵了心要對付你，皇帝一紙聖旨下來，陳賀將軍對抗得了嗎？與其擔驚受怕，不如直接與你到拒戎那邊，也教皇上看看我與你共存亡的決心。」

「共存亡」這理由本就是管家想出來的藉口，此刻曹覓隨口拿來給自己撐腰，也覺得十分好用。

但其實，她那番話只是想要跟去拒戎的第一個理由。

第二個，則是曹覓也擔心戚游的安危。

現在，遼州的事態發展與她記憶中的那本小說已經完全不同了。戚游收復五城的步伐加快，朝廷也轉換了阻礙他建功立業的方式。至少在她的記憶中，就完全沒有三個孩子在戰時被接進京城的劇情。

這讓她意識到自己面對的不是一個按部就班的書中世界，因為她這隻蝴蝶，主角的行進軌道變了，反派那邊的陰謀詭計，也不會是原本那一套了。

所以她想直接待在戚游身邊，憑藉自己對危險的感應，幫他避掉一些可能存在的危險。

想到這裡，她又道：「我曾聽那些從拒戎城中逃脫的乞兒說，拒戎城已經不能稱為城池了，到處都是殘垣斷壁，王爺就沒有想過重建拒戎城嗎？這次北上，有容廣山莊的流民自願隨我過來，我可以帶著他們，幫著王爺留在城中，安排重建城池的事宜。」

她上前兩步，定定地看著戚游。「妾身曾經說過要『共同承擔』，不想留在這裡，被動地等著前線的消息傳來。而且王爺就在拒戎城，還有比你身邊更加安全的地方嗎？」

戚游愣了愣。他的身影隱藏在燭光找不到的陰影中，似乎無法動彈。

半晌，他出聲確認道：「妳決定了嗎？」

曹覓點頭。「當然！」

戚游抬了抬手，似乎想要抓住她，但是手伸到一半，又頓了頓，隨即收了回去。

第七十三章

很快，大批容廣山莊的人尾隨曹覓趕到昌嶺。

原本封平、昌嶺這樣的邊境地區是農人們最忌諱的安家地點，畢竟要是什麼時候來場戰爭，人還能逃，種在地裡的莊稼可挪不了。

但是這一次，因為北安王妃「以身作則」，山莊中大部分百姓知曉了曹覓對北安王的「追隨與忠貞」之後，毅然決定跟著來。

對於曹覓而言，這不啻一件大喜事。

在她的計劃中，康城的大部分產業還是可以開下去的，畢竟朝廷那邊也不至於沒抓到她和三個孩子，就做出打擊她名下財產的齷齪事來。但如果要陪著戚游前往拒戎城，那麼大批的勞動力是必不可少的，水泥造紙這些重要的產業，也可以轉移部分到昌嶺這些地方來。

所以，她定下的第一項工程就是修路。

從康城到昌嶺這一段的路經過大半年的修葺，已經全部完成了。曹覓決定繼續修，將昌嶺到北邊拒戎城這一段的道路也連通起來。

在科技不甚先進的時代，修路其實代表著對一個地方的統轄。

在封建時代，漢朝對西南夷的統治就是依靠修路來實現的。可以說，路修到哪裡，漢朝的威嚴就能輻射到哪裡。

百多年之前，盛朝太祖在建起五城之後，也將路修了起來。但是後來的盛朝皇帝沒守住這塊地方，城池和道路得不到維護，漸漸被荒草覆蓋。

不過這多少也方便了曹覓如今的開發。

她親自找到雷厲，要了一份塞外之前的道路圖，便令手下利用昌嶺城中就地生產的水泥，開始沿著原先的軌道修路。另一部分沒有分到修路工程的人，則被送到了拒戎城那邊，開始嘗試開田種紅薯。

王樹年初的時候，在容廣山莊與寡婦白氏成了親，知道北安王府要遷往昌嶺的消息後，兩人主動要求追隨而來。如今，王樹因為自己的能力，已經成為一個非常出色的泥瓦匠人。

曹覓將昌嶺到拒戎的修路工程分為四段，王樹正是第二段修路小組的領隊。

這一日，工程隊照例幹活，一個手中還拿著工具的青年突然驚慌地朝著王樹跑過來。

「王、王隊長！東、東邊好像有戎人打過來了！」來到王樹面前，他甚至顧不上喘勻氣，便急急稟告道。

王樹眉頭一皺。「別慌，怎麼回事？」他放下了手上的活計，與青年往出事點走去。「你慢點說，說清楚。」

「就、就在那邊！」青年為他帶路，指著前方。「我們在那邊幹活，突然看到有好多人騎著馬往我們趕過來。一開始他們離得遠，大家也沒反應過來，後來離得近了，我們才發現那些人根本不是盛朝打扮。」

王樹點點頭。「不用怕，王爺手下那些軍官每天都會在附近巡邏演練，那些戎人不可能傻得自己送上門來。而且王妃也說過，昌嶺到拒戎城這一段已經被王爺控制住了，絕對沒什麼危險。」

青年聞言，解釋道：「我們也是覺得奇怪，所以才沒有都跑回來。老李說我跑得快，這才讓我回來喊你的。」

王樹來到眾人之間，當真發現了不遠處來了一支馬隊。出乎意料的是，馬隊已經停了下來，原本騎在馬上的人都下了地，牽著馬匹緩緩朝他們步行過來。

突然，王樹身後有個人喊了一句。「咦，那不是張氏他們嗎？是阿勒族的人？」這個人原本負責過羊毛交易，所以與張氏這批人都熟悉。

王樹得了答案，心中也就有底了，對著周圍人道：「我大概知道是怎麼回事了。既然是張氏，那肯定不是敵人了。你們別在這兒圍觀了，該幹麼還是幹麼去。」

眾人聞言點點頭，很快便散了開去。

張氏帶著人，很快來到王樹面前。

兩人互相行了一個盛朝的禮，互報姓名，張氏便主動道：「王隊長，我知曉了王妃欲修路的事情，所以帶著人趕來，想要幫一點忙。」

王樹微愣。「這……夫人有這份心便足夠了，我自會稟告到東籬管事那邊，讓她告知王妃。但是如今此處人手充足，倒是不需要煩勞夫人和各位阿勒族人了。」

「我們這邊不都是阿勒族的人。」張氏笑了笑，介紹道：「王隊長可能不知道，我們周邊有好幾個小部落，就在距離這條路不到十里的東面。因為運輸羊毛和市集交易，我們經常需要往來兩地之間；王妃修的路同樣造福於我們，我與幾個部落商議之後，各大部落便分別派了人，想要為此事盡一點綿薄之力。」

王樹聽了這一席話，心中也是感慨萬千。他萬萬沒想到，盛、戎打了這麼久的仗，自己居然有一天要與這些戎族人為伴。

但有張氏在兩族間周旋，他最終還是答應了下來，也不忘派人回去稟告曹覓。

幾天後，這事傳到曹覓耳朵裡，便將它當成一個故事講給三個孩子聽。

「……嗯，娘親說完了。」她清了清嗓子。「你們聽完了，有沒有什麼想說的？」

戚然吸一下口水，認真問道：「娘親，阿勒族的奶茶……好喝嗎？」

曹覓朝他露出一個尷尬又不失禮貌的微笑，直接略過他，把視線放到戚安和戚瑞身上。

戚安擰著小眉頭思考著，看著還真像那麼回事。見曹覓看過來，他便道：「在張氏的帶領下，這些戎族人倒知禮起來了。看來，只要我們足夠強大，再命人對戎族人加以教化，這些人也不是不能被收服。」

曹覓朝他點了點頭，又看向最後的戚瑞。

戚瑞將手中的書放下，道：「在大多盛朝人眼中，戎族都是茹毛飲血之輩，不可與之結交。但近來，我在昌嶺待得越久，就越覺得戎族人其實也與我們盛朝人相似。雖然有想要發動戰爭劫掠的野心者，但大部分的戎人就跟盛朝的百姓一般，只圖溫飽。只是我們的生活方式不同，盛朝人耕作，戎族人牧羊罷了。」

曹覓朝他鼓勵地笑了笑。

戚瑞便吁了一口氣，又道：「或許盛朝人與戎族人和平相處，並沒有我們想像中那樣艱難。」

「對！」曹覓附和道。

「不過，」戚瑞突然抬起頭。「在這之前，要用絕對的武力，將那些想要撲騰的戎族刺頭按死，讓他們知道，誰才是天下真正的主人！」

「或許吧……」曹覓邊頷首，邊將目光轉向了窗外，喃喃道：「這不就是你父親一直在做的事情嗎？」

幾個孩子聞言，一起朝窗外看了過去。

夏末時，天高雲清，蒼鷹盤旋於昌嶺的上空，鳴聲悠長。

半個月後，戚游整頓好軍隊，準備前往拒戎城。

曹覓自發地收拾好自己和三個孩子的東西，跟到了整裝待發的軍隊末尾。

戚游這段時日故意不回房，迴避曹覓，她心中是有數的。兩人對於王妃到拒戎的事情，誰也說服不了誰，乾脆「冷戰」了起來。

曹覓也不在意，反正即使戚游不帶著她，她也有辦法自己趕到拒戎去。

日光躍起，前方傳來了出發的號角聲。

曹覓正在車廂中與幾個孩子解釋前往拒戎的因由，就聽到車門被敲了敲。

她探出身去，就看到戚游冷著一張臉，站在旁邊凝視著她。

曹覓根本不去看他不豫的神色，反而眼前一亮，稱讚道：「王爺穿成這般，真好看！」

今日大軍開拔，戚游穿的是一套銀鎧玄袍。他腰細腿長，穿著鎧甲絲毫不顯臃腫，反而有股凜然的英氣。

聽到這沒頭沒尾的一句話，戚游一愣，隨即別開了眼。

「怎麼了？」曹覓又問：「妾身都準備好了，王爺當真要趕我們回去？」

她故意用上一種嬌滴滴的語氣，撒嬌之餘，也揶揄一下如今戚游狀若害羞的模樣。

「咳，莫作怪。」戚游又把目光轉了回來，徑直說道：「本王來把你們接到隊伍中央。我會讓戚三負責守衛妳和三個孩子，妳有什麼事，喚他去辦便是。」

曹覓點點頭。

見戚游轉身就要離開，她也有些不捨得。

兩人這幾日雖然在同一座城內，但因為戚游實在太忙又有意迴避，曹覓並沒有見過他幾次。

此時見戚游已經對自己妥協，同意她到拒戎城去的事情，曹覓心中歡喜得意之餘，又有些甜蜜。

也許就是這種情緒給了她膽量，她出聲喚道：「王爺。」

「嗯？」戚游停下了腳步。

曹覓便以手支頤，問道：「那如果我想見王爺怎麼辦？」

戚游完全沒料到她會如此說，身形明顯一頓。回過神來之後，他壓低聲音道：「嗯……

也讓戚三去喚我。」

說完，他便直接頭也不回地離開。

曹覓目送他離去，直到戚三過來與她見禮，她才點點頭，道：「嗯，一切都準備妥當了，出發吧。」

戚三拱手道：「是。」

康城到拒戎城的水泥路還沒修好，好在草原土地平坦鬆軟，曹覓和幾個孩子也吃不了什麼苦。

一路上，他們便靠著欣賞車外的景色度日。

塞外風光不同於康城與京城，連一向好學的戚瑞都放下了手中的書，望著無邊無際的原野發呆。

幾日後，他們經過王樹負責的那一段路，戚然驚訝地指著施工隊，喊了一聲。「娘親，戎人和山莊的人真的在一處修路！」

曹覓和幾個孩子順著他的呼喊看過去。

北安王妃還沒忘記當日自家老么那離譜的回答，看了兩眼便轉過頭問道：「怎麼，要不要娘親派人過去，朝張氏討要一些阿勒族的奶茶讓你嚐嚐？」

戚然一愣，隨即搓了搓手，羞澀地問了句。「啊……可、可以嗎？」

曹覓又露出了那種尷尬卻不失禮貌的微笑。

戚然癟了癟嘴，道：「嗯……其、其實，娘親煮的奶茶就很好喝，我、我不想喝阿勒族奶茶的。」

曹覓收了笑，給了面子地淡淡應聲。

經過近十天的行程，眾人終於來到拒戎城。

拒戎城的外城城牆已十分斑駁，曹覓毫不懷疑只要有心人一用力，就能從上面扒拉下來一堆沙土。進了城，情況也沒有好多少，到處都是斷垣殘壁。

如果不是因為時間給這些倒塌的廢墟覆了一層荒草，曹覓甚至會懷疑此處剛剛經歷過一場慘痛的戰爭。

一路往裡，進入內城之後，情況才好上些許。

內城原本是拒戎城中權貴的居所，戎族占領此處之後，因為自己也要居住，幾次派人修繕過，看起來倒比外城好上不少。

給曹覓和幾個孩子的院落是早就準備好的，戚三帶著人將王妃的車馬送進了一處庭院中。

庭院明顯剛修葺整理過，甚至比昌嶺那邊還要好上幾分。曹覓卻沒有精力注意這些，忙著帶幾個孩子好生休息。

第二日，已經睡足了的孩子一邊整理著自己帶過來的東西，一邊與曹覓聊著這座庭院的風景。

「此處的原主人，必定是個極懷念中原的人。」曹覓望著院中的小橋流水說道：「要在拒戎城建立這樣的風景，可不簡單。」

戚瑞和戚然點點頭。

戚安卻不以為意，一邊翻動著自己的小箱子，一邊說道：「如果他懷念中原，那麼就應該想辦法回去。這裡又不是中原，造得出小橋流水也造出不江南風韻。」

曹覓朝他看去。「我們安兒這句話說得真有文采，近來隨著你哥看了什麼書？」

戚安一昂頭，做出一副得意的模樣。「我自己看的。」

曹覓笑了笑，不吝嗇地誇讚了一番。

戚安重新埋頭，突然從箱子中翻出一卷畫軸。他兩三下將畫軸拆開，「咦」了一聲。

「怎麼了？」曹覓問道。

戚安將畫上的內容展示給她看。「娘親，這張畫怎麼被裱起來了？」

他手上的畫作，正是曹覓收到報信，得知朝廷要抓他們進京那一天，戚安畫的一家五口在塞外騎馬的那張。

曹覓回憶了一下。「嗯，應該是當初婢子們裱起來的吧。」

戚瑞在旁邊插了一句。「當初原本還以為是戚安的幻想，沒想到兩個月後竟是成了真。」

戚安也反應過來了，珍惜地摸了摸畫。

戚然湊過頭去，突然插了一句。「這根本不是塞外，拒戎城也不是這個樣子的。」

曹覓摸了摸他的髮頂，笑著與戚安道：「嗯，確實不像拒戎城，可能是更北面的風景吧？」

戚安聞言，將畫軸合起，想了想，道：「不像拒戎城才好，外面都是廢墟，在這種地方怎麼跑馬？」

「不會一直是廢墟的。」曹覓望著庭院，又回過頭與三個孩子承諾道：「你們父親要出兵征討抗戎城了，娘親和你們留在城中，不就為了重建拒戎嗎？」

幾個孩子聞言互相看了一眼，隨後朝著曹覓點點頭。

第七十四章

在城中修整三天之後，戚游點了一萬精兵，朝著抗戎城出發。

曹覓帶著孩子們到外城給他送別，目送這些兵卒消失在草原的盡頭。

拒戎城的歷史不算太長，至今還未滿兩百歲，雖然中間幾次易主，但最初的一些痕跡完全沒有被抹滅。曹覓並不把它想像成耄耋之年的老者，在她心目中，拒戎城只是一個受了重傷的戰士；得到妥善的照顧，傷口開始痊癒，這個戰士很快便能展現出驚人的生命力。

「治癒」工作被分為兩個部分。留守在拒戎城的軍隊由戚三統領，他帶著人重繪了拒戎城及周邊的地形圖，開始了外城城牆的修葺工作。

拒戎城的城牆當初是用上好的石料搭建而成的，即使外面的黃土層經過百年的風化侵蝕而斑駁，但是內裡的青石依舊堅挺，保留著建城之初的榮光。

曹覓的人則集合了起來，準備重建外城的建築。

花了大半個月的時間，這些人將外城原本的殘垣斷壁都清理了出去。就像是剔除了腐肉後的傷口一般，等曹覓再帶著三個孩子踏入外城的道路，周圍儼然是一片開闊模樣。被廢墟掩蓋了幾十年的土地重新觸到陽光，像等待賜福的嫩枝，未來擁有無限可能。

戚瑞在城門邊一處院落門口勒馬，門口的守衛立刻朝他拱手行禮。「大公子。」

戚瑞點點頭，將自己的小馬交給了旁邊的侍從，轉身回頭去接身後的馬車。

悶在車廂中的雙胞胎當先跳了出來，站到大哥身邊，接著，曹覓才帶著周雪下了馬車。

原本，她身邊的研究人員非常多，以劉格為首。但在準備北上之前，她按照計劃將劉格和大部分工匠送到了南邊的梨州，開展造船的工程。如今她身邊最受倚仗的已經是同為女子的周雪，這段時間為了重建拒戎，曹覓每天跑進跑出，身邊都帶著周雪及其他幾個女夫子。

戚三得了通報出來相迎，曹覓便帶著人一同進了院落。

「城牆的修葺如何了？」

戚三開口回道：「回王妃，西面城牆的修葺工作已經暫時告一段落，如今北門和東門正在同步修葺。」

曹覓點點頭，道：「嗯，這番進度倒在我們計劃之內。」

「城中生產的青磚和水泥都優先供給到軍隊這邊來了。」戚三真誠感激道：「還要多謝王妃的安排。」

曹覓笑了笑，沈思一陣，又問道：「接下來，你這邊有沒有什麼其他計劃？」

戚三想了想，如實答道：「城牆修葺完畢之後，屬下會開始在周圍建造各類哨站箭塔……」猜測著曹覓的意圖，說完計劃之後，他又問道：「王妃可有何指示？」

曹覓徑直道：「我想先把護城河改造一番。」

「護城河？」戚三有些詫異。

曹覓便道：「城外的護城河因為久無人清理，已經斷流。趁著如今天氣還熱，我想命人到河底，將淤泥挖上來，再通水流。恰好不久之後，周圍的莊稼也要追肥了，這些河底的淤泥便能派上用場。」

戚三恍然道：「小人明白了。那小人這邊先派出一個隊伍……」

「不用了。」曹覓搖搖頭。「我收到消息，正在昌嶺和拒戎間修路的施工隊，前幾日已經有一半完工了。接下來，他們會陸陸續續趕到拒戎。這樣一來，我這邊的人手又有增長。護城河的事情，你派幾個水性好的，或者懂得處理的人幫我看著，讓我的人去做便是了。如今水泥廠和青磚廠那邊產能還有限，只能供應城牆的修葺，即使我想讓施工隊那邊幹點別的，他們也沒有東西可以準備。」

戚三聞言頷首道：「是，屬下明白了。」

接著，兩人就城牆修葺和護城河的工作又探討了一會兒。

見工作有條不紊地安排了下去，曹覓給周雪使了一個眼色，周雪見狀，拿著一紙圖畫走了上來。

她將圖鋪開，戚三便有些疑惑。「這是什麼？」

只見那畫上並不是常見的花鳥蟲魚，甚至不是用水墨繪製的，紙上縱橫交錯，多是一些幾何圖形，看似地圖，卻又有很大的差別。

曹覓喝了一口茶潤潤嗓子，道：「城市規劃圖。」

在現代，城市規劃一向是極為重要的工作，但前幾日，曹覓卻發現自己很難找到這方面相關的人才，只好參考了空間中為數不多的幾張城市地圖，捋了捋思路，同周雪等人一起繪製起來。廢了好幾張稿子之後，才終於確定了如今這一版本。

「這才是我今日過來想與你說的事情。」曹覓開始就周雪呈上的圖畫，與戚三介紹她對拒戎城的規劃。「東西兩面各開闢一處住宅區，住宅區由水泥工匠那邊統一建造，建成外觀相似的二層樓房。初期的時候，一棟房子最多能容納五十人，等到將來穩定下來，按各家各戶進行分配，一棟房子也能住四到八戶人家。如今還是夏季，兵卒和工人們住在臨時搭建的草棚沒什麼問題，但是過段時間冷了，很多人就扛不住了，這一處得先安排起來。

「北面靠近內城的是教育區。南溪過陣子會帶著人過來，未滿十四歲的孩子不管身分高低，一律進入學堂，從低到高循序學習。工業區我會轉移到城外，在西南面，也就是如今水泥廠、青磚廠那些的位置；將來造紙和玻璃的工坊，全部建到那一邊。至於廠區的規劃，我待會兒再用另一張規劃圖與你詳細解釋。商業區分為三處，周邊、中央和內城……」

曹覓說著，眾人便順著她的思路想像。

如今一片荒蕪的拒戎城在她的口中，宛若真的成了一張白紙，就等待作畫者繪上濃墨重彩的綺麗圖案。

戚三也聽得入迷，等曹覓停下後，有些不敢置信地詢問道：「這……這真的能建成嗎？」

曹覓頷首。「當然。」她笑了笑。「不過這可是一項巨大的工程，按照如今城中的勞動力，約莫要兩、三年才能建成雛形。這還需要王爺那邊順利，不讓拒戎城的建設遭到戰爭干擾。同時也需要康城和昌嶺那邊的物資支持，才能使拒戎順利運轉下去。」

戚三點頭，在心中算了一筆帳，隨後心有餘悸道：「這樣一來，前期耗資便甚巨了。」

曹覓用手指在桌上敲了敲。「我有一個想法。」

「嗯？」戚三向她看去，拱手道：「還請王妃賜教。」

「如今塞外征戰已起，各路的通商便只能停了。」她勾了勾嘴角。「但我們控制著兩地來往的途徑，何不將昌嶺的集市轉移到拒戎呢？戚三將軍可以派兵卒到草原深處低價收購各類戎族特產，我們再用這些吸引盛朝商人前往拒戎城，與他們交換重要的發展物資和金銀。如此一來，便可緩解壓力了。」

這大概就是壟斷的好處。

曹覓根本不怕錢的問題，她的夫君如今可是遼州第一人，以前她沒動過腦筋也就罷了，如果真有需要，腦海中多的是歷史上那些權力變現的辦法。

「除了對商人下手，那些世家也該出出血了……」想到這裡，她喃喃道。

戚三頓時感覺一陣涼風拂過自己的後脖子。

他有些疑惑，明明王妃只是個嬌弱女子，為何說起錢財的事情時，居然與領兵出征的北安王有幾分相似？

但曹覓很快換上一抹笑顏。「暫且先這樣吧，不知道你這邊可有什麼要補充的？」

戚三連忙行了一禮，道：「沒有，但憑王妃吩咐。」

曹覓便點點頭。「嗯，那接下來，就有勞你多多配合了。」

戚三躬身，道了一句「是」，便恭敬地將曹覓等人送了出去。

曹覓出了院落也沒有離開，而是帶著幾個孩子到了西面城牆之上。

戚瑞拿著一個雙筒望遠鏡，認真地往遠處看著。

曹覓笑著問他道：「可有看到什麼？」

戚瑞將望遠鏡放下，搖了搖頭。「父親的軍隊已經看不到了。」

西北面正是抗戎城所在，也是半個月前戚游帶兵離去的方向。

雙胞胎太矮，戚安和戚然踮起腳都看不到城牆外的風景，此時戚然只能摸著城牆悻悻道：「父親離開這麼久了，當然看不到了。」

他仰起頭看曹覓，第八十次問道：「娘親，父親會順利攻下抗戎城嗎？」

「當然會。」曹覓回答他，又拍了拍戚瑞的肩膀，道：「你看看南面。」

戚瑞聽話地將目光轉了過去。

「我看到水泥路了，一直蔓延到盡頭去。」戚瑞邊看，邊說道：「有好多人正在往這邊趕過來。」

「嗯。」曹覓笑著應和了一聲。

「是方才娘親說的修路隊伍吧？」戚安突然出聲。

「是啊。」曹覓回答他。「無論怎麼樣，只要人還在，城池就不會失去希望。你們父親會攻下抗戎和封戎，而我們也能將這些城池，重建成比當初更加繁榮的模樣。」

戚瑞放下望遠鏡，對著她點點頭。

另一邊，戚游已經發動了對抗戎城的進攻。

相比最靠近盛朝，幾乎相當於被放棄了的拒戎城，抗戎城的布防就不是那樣簡單了。據格爾之前派去的探子回報，抗戎城守備較嚴，他的人雖然插不進去，但是也能大概判斷出城中守備的人馬在六千員以上。

但這六千員戎族將士遠離王庭已久，加上這幾十年風平浪靜，每日裡操練懈怠，根本不是戚游手下精兵的對手。

戚游試探地進攻了幾回，摸清了敵方的底細便再無顧忌，直接出動主力，將抗戎城也收入了囊中。

但比攻城更加麻煩的，是之後的善後工作。

控制住抗戎後，他出動了部分兵力，在城中和周邊地區搜索盛朝遺民。

自從遇到羅軻那些人之後，他心中便肯定，一定有許多像羅軻一樣流落在塞外、無法歸鄉的可憐人。如今他準備將五城征討回來，這些盛朝遺民也該「回家」了。

幾日後，搜救工作結束，正如戚游預想，他們在周邊發現了好幾個隱秘的盛朝村落，救回來不少人。

城中的各種善後事務還未全部釐清，他無法離開，於是便派戚九先將這批盛朝遺民送回拒戎城。

戚九離開的這天，戚游抽空來為他們送行。

他看著足有好幾百人的隊伍，對著戚九叮囑。「路上小心。」

「王爺您放心吧。」戚九拍了拍自己的胸脯，避開自己的手下，朝戚游問道：「王爺怎麼這樣不信任我？不過是從抗戎回拒戎，哪會有什麼危險？您如今日理萬機，忙著處理軍務都來不及，還要特意出來送我……」

戚游的十個親衛是按照年齡排序的，戚九未及弱冠，兩人雖說是主僕關係，但是戚游一般比較照顧他們幾個年紀小的。也因此戚九在主子面前大膽許多。

哪想到這樣一問，戚游反而不好意思地別開臉去。

戚九還未釐清自家主子是什麼意思，又看到兩抹紅色直接爬上了戚游的面頰。

戚游注意到他的目光，咳了咳，不自在地從懷中掏出一封信。「我……本王昨夜想了許久，發現還有一些事情未交代清楚，所以連夜寫了這封信。你回到拒戎城中之後，將信交到王妃手中。」

戚九立刻正了神色，拱手道：「是。」他接過信件，前後查看了一番，又問道：「王爺，這信件很重要嗎？怎麼什麼印子都沒蓋？」

軍中往來的密信，會使用不同顏色的印章來區別重要性。

戚游背著手。「嗯，因為是給王妃的，所以不需要蓋什麼印章。」頓了頓，他又補充道：「但即便如此，你也不可輕忽，這信……很重要！」

毫無心機的戚九聞言，直接將信件藏到了懷中，行禮承諾道：「王爺放心，人在信在！」

見他認真起來，戚游卻又有些不好意思了，揮揮手。「行了，時辰不早了，啟程吧。」

戚九點了點頭，整頓好隊伍，隨即在戚游的目送下出發了。

戚游帶著人回到城中，恰巧遇上過來準備與他商議軍務的雷厲。

雷厲一看到他走來的方向，瞇著眼揶揄道：「王爺，您這是送戚九去了？」

戚游嗯了聲，目不斜視地越過他，徑直往前走去。

雷厲趕忙追上去，湊在他耳邊詢問道：「欸，戚九能回去，咱們卻還要苦哈哈地在城中再待一陣，王爺也覺得……嘿嘿，這相思難捱，對吧？」

戚游聞言，賞了他一個眼神。「雷夫人在昌嶺，想必也十分掛念你。下一戰打封戎，你便回家去，把陳賀換過來吧。」

雷厲一愣，隨即發出一聲淒厲的哀號。「王爺饒命啊！」

第七十五章

戚九有意加快行程，他們一行在小半個月之後便回到了拒戎。

他們回得巧，抵達的時候，城中第一批房屋已經落成，城外的紅薯也悄悄成熟了。

曹覓給建設功勞巨大的王樹一批人優先分配新房，而他們原本居住的臨時房屋，便恰好可以用來收容戚九帶回來的遺民。

遺民休整了兩日，便在城中的安排下，加入了紅薯收穫大軍中。

紅薯的採收比稻米小麥這些簡單多了，收上來之後，並不需要經過多重工序處理。

於是當天，曹覓和幾個孩子的院子，就收到了外城送來的大筐紅薯。

之前因為種植面積不大，又有留種的顧慮，王府內也沒能敞開了胃口吃。這一次，三個孩子，特別是戚然，簡直高興得不行，恨不得餐餐都抱著紅薯啃個過癮。

等曹覓第三次在晚膳上看到紅薯時，已經有些膩了。

看著吃得滿口紅薯渣的戚然，她想了想，道：「我們明日來做紅薯粉吧。」

戚然從碗裡抬起頭來，認真詢問道：「娘親，什麼是紅薯粉？」

「紅薯粉就是，用紅薯做的粉絲。」曹覓解釋道。

東籬在旁邊笑著問道：「王妃，紅薯也可以做成粉條嗎？」

「當然可以。」曹覓道。

在農村，秋冬時節，農人就會把部分存放不了的紅薯做成紅薯粉，曹覓家中以前就自己做過。

第二日，她便招呼著人將紅薯磨成了細膩的粉狀，隨後加水清洗。

戚瑞和戚安在屋內讀書，只有戚然坐不住，出來與她一道盯著廚娘們忙碌。

他伸手往缸裡面攪和，邊玩水邊詢問道：「娘親，粉呢？」

曹覓便指著缸內白色的紅薯粉水道：「你把手拿開！這些白色的水就是紅薯粉了，我們放上一夜，等明日紅薯粉沈澱下來，倒掉上面的水就可以了。」

戚然張大了嘴巴。「『沈澱』是什麼？」

曹覓扶了扶額頭。「紅薯粉很重，會沈下去，只要你不去攪和，經過一晚上就會自己沈到下面去了。」

戚然若有所思地點點頭。

隔日，戚然再過來看的時候，果然看到了上下兩層的沈澱現象。上層是清水，下層呈白色的，就是紅薯粉的主要材料。

因為孩子急著要吃，曹覓直接讓廚娘用沈澱的紅薯粉攪和成麵糊，隨後舀出薄薄一層攤開，上鍋蒸熟。

蒸熟之後，原本的糊糊凝固成半透明的固體，便算是成了。

接著，她便親自上手，將整出來的紅薯粉切成一條一條的粉狀。

「……將他當成普通的米粉就可以了。」曹覓對著廚娘囑咐道：「加點骨湯煮一下，就可以吃了。」

其實她更想嘗試紅薯粉的經典吃法——酸辣粉，但是考慮到家裡還有三個孩子，吃不了太刺激的東西，便換成了清淡一些的骨湯。

當天夜裡，王府便吃上了這種新的吃食。

紅薯粉同一般的麵條米粉其實有很大的差別，它呈半透明狀，吃起來更加爽滑有嚼勁。

戚然捧著碗，吃得差點將整張臉都埋進去。「真好吃！」吃飽之後，他捧場道。

曹覓一邊幫他擦嘴，一邊有了個新想法，便對著東籬說道：「說起來，此次紅薯豐收，雖然農人們還沒採收完，但因為後續不需要像麥子一樣安排脫穀磨粉，倒是沒什麼事情了。不如將紅薯粉的做法告知他們，讓他們也可以做一些嚐嚐味道。」

東籬提醒道：「王妃，農人們豐收之後，不是還要準備建房的事宜嗎？」

曹覓笑著搖搖頭。「水泥坊和青磚坊那邊雖說擴大了規模，但產量終究有限，哪裡可能讓所有人一起開工建房？採收完之後，便安排一部分人專門做紅薯粉便是。」

東籬便點點頭。「是，婢子明日便去找內務管事，將事情安排下去。」

曹覓忽然說道：「等等，若是要大規模做紅薯粉……就不要用府中方才的做法了。那樣一張張蒸，多浪費時間。」

東籬愣了愣，詢問道：「紅薯粉還有其他的做法嗎？」

曹覓笑了笑。「當然。」

她想了想，與東籬細細地說道。

與方才家常的做法相比，第二種紅薯粉製作辦法又有些不同。沈澱後的紅薯粉晾乾再加水攪成糊狀，最後，用扎了孔的瓢將糊糊從瓢底擠壓出去，讓它們落到滾燙的開水中煮熟。

這樣做出來的紅薯粉就是常見的深色圓柱條，而不是曹覓等人這幾日吃的扁平麵狀。

幾日後，當東籬帶著人來到臨時準備好的紅薯坊時，便帶著好幾個帶孔的瓢，又找了慣會做麵條的師傅，用均勻的手勁擊打瓢，幾次試驗過後便弄出了細長均勻的紅薯粉了。

「這些紅薯粉可以直接吃了。」曹覓看著東籬帶回來的成品。「但是如果不吃，將它們都曬乾，也可以保存很長的一段時間。」

「原來是這樣。」東籬笑道：「今年紅薯豐收，婢子還想著要不要調集人手多建幾個地窖。如果紅薯粉曬乾之後可以保存，倒是省下來這事了。」

曹覓點了點頭。「嗯，妳讓他們試試吧。紅薯粉不需要送到地窖中，只要不沾濕，可以放很久。」

這一日，拒戎城中，連吃了好幾日紅薯的人們，又迎來了新產品——紅薯粉。

一個月後。

天色陰沈之日，第一片雪花顫巍巍地落了下來。

曹覓輕蹙著眉，伸手到窗簷外，接住了幾片瑩白。

「王妃，小心受寒。」東籬為她加了一件披風。

曹覓收回手，攏了攏披風將自己裹起來。她有些憂慮道：「今年的雪來得也太晚了。」

拒戎城地處北方，按照往年，雪應該是一個多月前、紅薯收完之後便該落下了。但奇異的是，雪期一拖再拖，竟是到今日才降雪。

這件事對於王樹那些泥瓦工匠是件大喜事，因為雪落得晚，他們比預計的多建出了三十多棟房子。

由於這時候房子不是按戶分配的，一棟本來準備容納四戶人家的二層樓房，可以擠下五十餘人，多建出來幾十棟房子，意味著有好幾百人可以提前住進抗寒抗凍的新房。

但是對於那些看天吃飯的農人，這不啻為一個壞消息——瑞雪兆豐年，雪落得晚、落得少，都很有可能影響明年的收成。

東籬嘆了口氣，勸道：「天時本就無常，亦不因人力而改，王妃無須為此傷神。」

曹覓若有所思地點點頭。她也說不上自己心中是什麼滋味，畢竟她早知道就在這幾年間，盛朝要遭遇一場足以改朝換代的天災。

如今陡然嗅到一些災難前微末的訊號，便有些止不住自己的思緒。

她帶著東籬回到房中，正想吩咐一些事情，多少做點準備，就見到婢子從屋外跑了進來。

「王妃、王妃！」那婢子滿臉欣喜。「王爺帶著大軍回來了！戚三大人派人來傳訊，說是兩個時辰後就到城門口了，請您趕快準備準備！」

曹覓大喜，也顧不得感傷了，連忙準備了一番，帶著三個孩子來到城門口。

在原地等了一會兒，她便看到穿著鎧甲的戚游。

年輕的北安王一馬當先行於隊伍最前，在離她十幾步的地方突然勒住烈焰，直接翻身下馬，朝著她大步走來。

戚安興奮得直跺腳，上前兩步抱住了戚游的大腿。

戚游眉頭挑了挑，將他撈了起來，抱在懷中。

走到曹覓身前，他道：「這麼冷的天，怎麼還出來？」

曹覓幫他拍去頭肩上的雪花，反問道：「不是說十八才能抵達嗎？怎麼今日就到了？」

戚游點了點頭。「沿途沒什麼事，便加快了些腳程，倒比原先預計的快上兩天。」

曹覓呼出一口寒氣。「抗戎城已經攻下，等拒戎到那邊的水泥路修好，往後兩處往來，還能再快一些。」

戚游將戚安往上顛了顛，道：「嗯……也不礙什麼了。」他分出一手攬住曹覓，帶著四人往裡走。「抗戎那邊的事情已了，往後會有人駐守，倒不必我再過去了。」

曹覓頷首，一家五口不再多言，趕回內城。

夜裡，享用完晚膳後，北安王換下鎧甲，穿上尋常便服。幾個孩子圍在戚游身邊，聽他講攻下抗戎城的事情。

戚安托著自己的小腦袋。「我什麼時候才能跟父親一樣，上陣殺敵呢？」

戚游摸了摸他的頭髮，道：「等你再長大一些。」

戚瑞在旁邊眼睛一亮。「父親，我呢？」他難得興奮地主動彙報近來的課業，又道：「……林夫子說我學得很好了，而且，我還同戚三學了一套槍法。」

七歲的孩子像一株山間的嫩竹一般，儘管現在還不算高大，但是其中蘊含的潛力，不需要細查就能感受到。

戚游當然也搖頭道：「不行，你也沒到年紀。」

戚瑞便癟了癟嘴，低下頭去。

最小的戚然縮在曹覓懷中，顯然對這個話題絲毫沒興趣。

戚游有些頭疼地看著他。「然兒想不想隨父親上戰場？」

他的聲音有些冷，戚然往曹覓懷裡縮了縮，誠實道：「不想。」

「男兒不想建功立業，又能有何出息？」戚游有些不滿。「那你將來想做什麼？」

戚然想了想，試探著商量道：「我、我可以和娘親一樣，留在父親後面嗎？」

戚游還沒回答，曹覓就摸了摸他的小肚皮，道：「當然可以。」

她生怕戚游看不起自家小兒子的夢想，連忙用眼神示意他給戚然一點肯定與鼓勵。

戚游嗯了聲，道：「在後方調集軍備，重建城池也是一門學問。你既有此志向，平日裡也可以隨你娘親了解一下城中內務。」

戚然點了點頭。

夜色晚了之後，三個孩子被送回了各自的院落。

曹覓坐在窗邊看著初雪後的月色，察覺戚游走到自己身邊。

她回過頭，說道：「早先時候一直沒找到機會問你，這一戰，王爺可有受傷？」

戚游淡淡笑了笑。「都是小傷，沒什麼妨礙。如果又受了傷，妳早該得到消息的，怎麼會問這種傻問題？」

曹覓將他的衣袖撩上去，果然看到一些淺淺的、已經結疤的傷口。

「我知道，但是你向來不把這些小傷當一回事，我多嘴問一句怎麼了？」

戚游抬起頭，看向窗外的圓月，「嗯」了一聲。

曹覓便又問道：「這一次回來，能待到多久？」

戚游想了想。「雪地不便行軍，明年雪化之前，應該都不會有行動了。」

曹覓頷首。「拒戎和抗戎都已經攻下了，封戎也不算難，攻下封戎之後，是不是就可以暫歇了？」

戚游抿唇，隨即點了點頭。「這三城已經足夠形成防線，反而是剩下的震戎和懾戎深入草原，即使打回來，也要花費許多力氣鎮守。如果沒有特別的機遇，我暫時不會動手。」

「特別的機遇？」依照曹覓對他的了解，她知道戚游絕不會說些空穴來風的事情，於是疑惑地詢問道：「什麼特別的機遇？」

「例如戎族大亂。」

「戎族大亂？」曹覓輕蹙著眉。「之前便聽說因為大王子身死，幾個有資格的王儲正在爭奪可汗之位，倒不知現在如何了？」

戚游回答道：「已經快有結果了。五王子得到了天夷族的認可，娶了天夷族現任族長的女兒為妻。天夷族是王庭周邊最為強大的一支部族，有他們擁護五王子，其他人便不是對手了。」

曹覓驚訝道：「如此一來，戎族不是便很快要穩定下來了嗎？」說著，她有些困惑。「天夷族？這個部落我怎麼聽著有些耳熟，他們是親近盛朝，還是厭惡盛朝？」

以戎族內部的體制，執政者的態度就等於整個族群的態度了，所以一聽到戚游的話，曹覓最關心的便是這個。

「天夷族就是幾十年前背叛盛朝的那一支。」戚游冷哼一聲。「他們算是挺喜愛盛朝的吧。」

曹覓還沒來得及鬆口氣，他又道：「喜歡到一直想將盛朝據為己有就是了。」

曹覓立刻懂了他的意思。她抿著唇。「如此一來，五王子成為可汗之後……情況便不容樂觀了。」

「嗯。」戚游點了點頭。

曹覓朝他看去，卻見北安王面上並沒有太多焦慮的神色。

「你是不是有什麼辦法了？」

「嗯。」戚游看著她，又道：「我準備幫助羅軻如今依附的佐以親王，資助他對抗天夷。妳可能不知道佐以，他也是丹巴背後的人。」

「丹巴？」曹覓很快反應過來。「原來是這樣，丹巴背後的勢力居然是王儲。」她回憶了一下之前戚游對待丹巴的態度，又道：「看來佐以親王是個沒有侵略盛朝慾望的人？」

「誰知道呢？」戚游勾著唇角笑了笑。「總之，讓他不能生出這種慾望便可以了，不是嗎？」

曹覓愣了愣，隨即若有所思地點點頭。

第二日，戚游給出征的大軍放了三日假期，自己則隨著曹覓和三個孩子到外城視察。

臨近內城的住宅區，幾十棟樓房拔地而起，寬敞的街道上，到處是趁著放晴出來透氣的百姓。

他們見到曹覓一行，激動地湊過來行禮。隨行的侍衛維持住秩序，戚游和曹覓坐在車廂中，隔著馬車與他們點頭示意。

「這邊就是專門用來居住的地方。」曹覓扭頭與戚游介紹道：「你之前也在戚三那邊看過那份規劃圖吧？」

戚游點點頭。「妳做得很好，即使我親自來主持，都不一定有此番效果。」

戚瑞在旁邊也稱讚道：「娘親思慮周全，手下又有能工巧匠，許多規劃是我之前未曾見過想過的，十分精巧。」

他是三個孩子中年紀最大的，曹覓一般做決定的時候也不避著他，甚至有意讓他參與，所以戚瑞是在場唯一一個知道她為了規劃圖費了多少精力的人。

馬車越往外走，景色也越荒涼，畢竟外面都是些還沒有開發的地方。

王樹正領著人為外面幾棟樓做最後的修飾。

下雪之後，工程隊大部分已經停工了。許多工序需要經過足夠的日曬，完全乾透之後才能繼續動工，但雪一落，日頭一出來，滿地都是雪水，無法繼續進行下去，王樹也只能在之前已經建好的房子中做著些不怕潮濕的工序。

來到安置遺民的地方，條件還要更加簡陋些。

「樓房這個我也沒有辦法，只能等待開春之後繼續建設。」曹覓介紹道：「但是明年我會把重心放到三個市集上，讓拒戎城替代昌嶺成為關外新的交易點。」

戚游出征，昌嶺和封平這些地方已經戒嚴，昌嶺的市集便順勢關掉了，如果此時能在拒戎城重新開放市集，附近的錢貨就能重新流通起來。雖然拒戎比昌嶺更靠北，但是兩城之間的道路早些時候已經修好，多走這一段路，對於那些行商而言問題還不算太大。

戚游聞言，點了點頭。

戚六和管家還留在康城守著北安王府，順便作為京城和塞外訊息流通的中介。戚游想了想，道：「我依舊將戚三留在城中，妳有什麼要求，可以直接去找他。」

曹覓點點頭。「嗯，我知道。」

一家五口在外城逛了一圈，又上城牆賞了一陣雪，日暮時分才回到內城。

夜裡，曹覓坐在床上發呆，戚游便湊過來。「在想什麼？」

她一愣，回答道：「在想梨州那邊的事情。」

「梨州？」戚游回憶了一下。「我看過長孫淩寄回來的信件，梨州一切還算安好。」

曹覓點點頭。

「怎麼？」戚游勾了勾嘴角。「劉格那邊研製的『火藥』可有什麼進展？」

關於火藥，曹覓曾在書中翻到過最簡易的配方——一硫二硝三木炭。硫磺、硝石與炭這些東西都不難找，但是粗製的火藥效果並不大。

她將配方寫了出來，分別給了戚游和劉格一份。

據她所知，戚游應該是將東西送到了懷通那邊研究。之前他的冶鐵坊也開在懷通，曹覓懷疑懷通可能暗藏著戚游麾下的技術力量。但可能是因為沒有親眼見識過火藥的威力，戚游對這東西一直都不怎麼重視，曹覓很少聽他主動提起這些事。

「沒有，他如今剛接觸造船，光是風帆那些就足夠令他頭疼的了。」曹覓勾了勾嘴角。「你那邊呢？」她又問。

戚游看了她一眼。「懷通來信說，已經有了一些進展，約莫來年可以造出妳說的那種炸彈。」

曹覓便點了點頭。

戚游思索了一陣，問道：「這些東西，妳都是從哪兒知道的？」

曹覓眨著大眼睛，無辜地回應道：「不是與王爺說過了嗎？就在道家那本《煉丹術》中啊。我也是看著新奇，才突發奇想讓人試一下的啊。」

兩人親密了許多，曹覓說起瞎話來也越來越熟練。

戚游不置可否地嗯了聲。

「王爺懷疑我嗎？」曹覓突然朝著他蹭過去。

戚游原本躺在一邊閉目養神，察覺她靠近，便睜開眼睛與她對視。他道：「這還需要懷疑嗎？」

曹覓一愣。

戚游這句話中的意思其實意思非常多。

「不需要懷疑」，意味著他已經確認了自己的枕邊人換了個芯子。

她早先隱隱有過這種猜測，畢竟戚游對自己的態度，與之前原身記憶中，他對原身的姿態並無相似之處。但是第一次聽他「親口承認」，她還是有些反應不過來。

她慢慢在戚游身邊躺下，縮成一團問道：「那王爺怎麼不把我抓起來？」

戚游扭頭看她。「這不已經抓著了嗎？」

曹覓微微紅了臉，把自己的頭整個埋進被褥中去。

第七十六章

冬雪覆蓋下，拒戎城中的日子也有了些歲月靜好的意味。

一家五口難得相聚，曹覓十分珍惜這段時間。但年節一過，有些事情還是不得不面對。

積雪開始融化的時候，曹覓開心之餘，不得不扳著手指計算起戚游要離開的時間。

送別前夜，她抱著期待詢問道：「封戎幾乎是我們囊中之物了，你這次應當很快就能回來吧？」

戚游身子一僵，隨即搖了搖頭。「恐怕不行。」

曹覓不解地抬頭看他，他解釋道：「攻下封戎之後，我會繼續往北，搜尋盛朝遺民，同時開始在那邊做好布置，查探北面兩城的狀況，為以後的進攻準備。此去奪下封戎，少則三月，多則半年，我才能帶著軍隊回來。」

曹覓憮憮地點點頭。她想了想，又問：「我會和孩子們繼續留在城中，可有什麼需要我做的？」

戚游回憶了一下自己的計劃，道：「有三件比較重要的事情。一個是我之前與妳說過的，我要資助戎族佐以親王的事情，在我走後就會開始了。過段時間，一批武器會從昌嶺運送過來，在拒戎落腳補給，隨後深入草原。妳要配合戚三他們做好掩護。」

曹覓聞言有些詫異。「直接送武器過去？」

戚游笑了笑。「放心，是之前軍隊淘汰下來的東西。之前我不是問妳要了新的冶鐵之法？新法造出來的兵器威力與從前那些相比，不可同日而語。我為大批精兵們配置了新武器，一批舊的武器便閒置了，都堆在昌嶺的倉庫中。這些東西於我無用，對於那位親王來說，卻是極為重要的軍備。」

曹覓點了點頭。「我明白了。第二件事呢？」

「長孫淩那邊，夏季的時候會從梨州送一批東西過來。」戚游繼續道：「我本來在最近的一處港口——水靖那邊做好了布置，但到時候我可能還沒回來。妳派幾個人過去，到時候那些東西，便由妳來安排吧。」

曹覓張了張嘴，驚訝道：「當初你派長孫淩過去，根本就不是單純幫我護衛北寺他們吧？這都已經能往回運東西了。」

「整整一支親兵隊伍，總得做些什麼吧！」戚游毫不避諱地直言道。

曹覓無奈地搖搖頭。「行吧。最後第三件呢？是什麼事？」

「第三件麼……」戚游故意將尾音拉得很長，勾起曹覓的好奇心之後，便將她直接攔腰抱了起來。

曹覓還未回過神來，結結實實嚇了一跳。

「啊？」北安王妃絲毫未意識到自己的危險處境。

戚游一邊抱著她往床上走去，一邊壓低聲音說道：「戚瑞說他想要一個妹妹。」

紅帳被輕輕挑起又落下，掩住春色漸濃。

幾日後，戚游帶著整裝完畢的大軍，再次往北進發，曹覓則繼續留在城中主持建造事宜。

雪化了，便是春耕的時節。休息了一冬的城中百姓重新活動起來，在上面的指揮下，該建房的建房，該耕地的耕地。

統一的調度下，加上獎勵制度的刺激，所有人的力氣都用在一個方向上，整個城池的建造以一種不可思議的速度向前發展。

戚游走後不久，曹覓當真看到了他口中將要運往戎族的兵器。整個車隊都由北安王麾下的戎人進行運送，他們個個灰頭土臉，穿著打扮同一般戎商別無二樣。

更令曹覓吃驚的是，車上的東西也藏匿得極好。乍看之下，他們運送的都是邊關交易中常見的鹽和布，實則真正的貨物藏在車廂暗格之中，如果不費一番功夫，根本看不出來。

曹覓就這樣眼睜睜看著戚三從車廂不起眼的地方拉出來一個暗格，裡面陳列著好幾把寒光凜凜的彎刀。

「……每輛車上都有好幾個這樣的暗格，另外放了大量布料的車上，其實也包著武器。」戚三邊將暗格重新關上，邊與曹覓解釋道。

曹覓點了點頭。

她看著馬車邊這些戎人守衛，想了想道：「深入草原危險重重，你們切記要謹慎些。」

負責運送的戎人頭領感激道：「王妃放心，我們不會到王庭那邊的。往北走上一個月吧，到佐以親王的地盤，將東西與他們交接好便會回轉了。」

曹覓自然知道這些話不能全信——若是真如他所說的安全，為何隊伍要做如此嚴密的偽裝？

但她也不再多說什麼，只道：「我令城中管事給你們準備了些吃食，到時候你們帶在路上吃。」

一個冬天過去，拒戎城中已經儲存下大量的紅薯乾和紅薯粉，這些極易保存的美味，是如今城中最受歡迎的吃食。

眾人聞言也十分高興，連道了好幾聲「多謝王妃」。

簡單視察過此處，知曉戚游已經將事情安排得很周全，曹覓便帶著人回去了。

回到自己的院中，她才發現下面的幾位管事正拿著一疊文書在等著。

忙了半個多月，春耕差不多要告一段落，管事們將近來郊外的耕種事宜整理了一下，選了今日來向曹覓稟告。

「……正如文書上所記，除了幾處還在開墾的田地，其他地方都已經耕種下去了。種植的主糧還是以紅薯為主，但今年增加了小麥和稻米這些的栽種畝數。棉花已經在容廣山莊試種成功了，這種東西耐旱，今年也拿了一些種子到拒戎。之前說要在郊外修建的水利設施，再等幾個月，城中工程隊有了餘裕，便會開始準備動工了，這段時間，周雪夫子她們會測算好相應的資料和耗材……」

曹覓邊聽，邊不住點了點頭。

直到將城中的耕種事宜都確定下來，她才突然開口問道：「諸位管事一直在城外活動，近來有沒有發現，城外那條河流出現什麼異狀？例如……水位降低之類的？」

她之前已經查過相關的資料，知道拒戎城旁邊這條河流發源於戎族境內一處常年覆蓋著白雪的高山。

因為拒戎城的存在，盛朝人管這條河流叫拒戎河，但在戎族那邊，這條河流與那座山的名字相同，被稱為「婭娜安」，寓意「雪的饋贈」。

拒戎河穿過寬闊的草原，一直往南，在遼州東邊一處岸口入海，有一條支流甚至流到遼州以南的臨州那邊，拒戎城算是處於它中流的位置。

因為這條河流的發源就是高山雪水，聯繫去年冬日的晚雪，曹覓有些擔心河流水量會減少。

管事們想了想，推選了一人出來回答道：「回王妃的話，河流的水位好像是降低了一點點，但是小人覺得，那點變化微不可察，實在不足為慮。」他小心地觀察著曹覓的臉色，遲疑著詢問道：「不然小人待會兒回去之後，在郊外那邊尋覓幾個有經驗的農人詢問一番，明日再向王妃稟告？」

「嗯，好。」曹覓點點頭。「你們都找人問問吧。」

管事隨即行禮道：「是。」

這些人走了之後，曹覓便倚著茶案，緩緩吐出一口氣。

東籬見她面色不佳，上前為她揉了揉額角。

曹覓揮揮手，制止了東籬，只是喃喃道：「東籬，妳去幫我寫一封信送到西嶺那邊。」

曹覓手下的心腹四人以「東南西北」命名，北寺如今在梨州，而這一次移居到拒戎，她只帶來了東籬和南溪。餘下的西嶺被她留在康城，照看著城中的各項生意和容廣山莊中的情況。

東籬頷首，隨即問道：「王妃有什麼要吩咐的？」

曹覓道：「讓他想個辦法，將紅薯送到遼州普通百姓的手上。我要遼州大部分的百姓，家中都能吃上自己種的紅薯。」

東籬一愣，心中有萬千的疑問，但終究還是嚥下了，恭敬道了一聲。「婢子明白了。」

曹覓這才點了點頭。「妳現在就去寫信，寫完了拿來給我看看。」

東籬行了禮，轉身走了出去。

曹覓取過手邊的茶盞抿了一口，任由茶香瀰漫在口鼻間。

「我只能……做到這種程度了。」她喃喃道，聲音幾不可聞。

幾個月後，經過這段時間的建設，拒戎城已經不復當初的荒涼。

雖然城中還有約莫四、五成的地方尚未修建，但是那些地方分布在邊角，如果外人從城門處進入，按著主幹道遊覽指定區域，只會被左右整齊精美的建築吸引住。

曹覓就是這樣，下了馬車後，帶著三個孩子來到城中正待開放的交易區。

她看著面前寬敞的交易廣場，滿意地道：「嗯，很不錯。」

這個交易區設置在拒戎城西南位置，專門用來對外交易，面積是之前昌嶺市集的三倍左右，地面全是剛剛鋪上去的青石，看著乾淨而整潔。廣場南面隔出了一個個小隔間，類似普通的商鋪；北面則是一些更為寬大的柵欄，方便戎族人安置自己的牛羊。

更重要的是，四方挖掘出了四口水井，方便到時候取水用水的事宜，四周的水溝明顯經過設計，使得之後的清理排水更為便利。

「按照您的吩咐，第一場市集就定在下月初一。」東籬在旁邊恭敬道：「跟之前一樣，市集還是在每月初一和十五開放。戚三大人那邊，會負責收取一定的稅收。」

曹覓又問：「消息都放出去了嗎？」

「是的，王妃放心，早都安排好了。」東籬道。

聽完，她終於鬆了口氣，神色愜意地點了點頭。

遼州，永餘。

馬開是一名行商，很早之前就到過拒戎。

他本是邊境這一帶小有名氣的盛朝商人，雖然比不上丹巴，但也是能在往來交易中吃上肉的人物。

昌嶺市集的開放使得他從丹巴的商道上解脫出來，他本以為昌嶺市集是自己更上一層的契機，卻沒想到剛開始施展拳腳沒多久，昌嶺市集就關閉了。

所以得知昌嶺的集市遷移到拒戎之後，原本打算轉行朝南邊發展的他，腦筋重新轉了起來。

可細思之後，馬開又有些苦惱。他生活在永餘一帶，距離昌嶺並不遠，但是在他的記憶中，昌嶺到拒戎又要走上半個多月的時間。

這些還算其次，畢竟即使是到拒戎也比之前他帶著人深入草原，到各個部落交易方便多了。最令他感到難受的是——拒戎這個地方，太破了。

昌嶺市集還未開放之前，他帶著手下的人進入草原，曾多次在這個地方落腳。當時的拒戎首領雖然貪財，但不至於做出謀財害命的行為來，很多同他一般的商人都願意到這裡來「破財消災」。

所以馬開印象很深刻，拒戎城做的就是「無本買賣」。

當時的戎族守將在城中劃了一片地方，允許他們自由落腳，但是說白了，那地方就是一片廢墟，到處是半塌不塌的房子。馬開他們就是應付個兩晚，然後火燒火燎地走人。說起來只比露宿野外，稍微好那麼一點點。

因此一聽到交易點改在了拒戎，他就有些頭大。即使知道拒戎已經被北安王攻下，但馬開並不覺得，這會讓那座破城有什麼質的改變。

易主了，難道就能煥然一新了？

即使這樣，為了錢財，幾日後馬開還是領著自己的長子，帶上滿滿一車隊的物資出發。永餘到昌嶺之間，並沒有直接相通的水泥路，但是走上一日到達懷通，就可以蹭上懷通到昌嶺的平穩路面。

馬開乾脆下馬，把自己的兒子叫到身邊教導道：「你看看，這種路面才有利於通行。當然它很堅硬，對於馬蹄鐵的磨損比泥土路那些嚴重許多，但你要知道，這在路上能節省的時間，比換幾個馬蹄鐵重要多了。而且路好走了，不僅是從永餘出來，就是進入永餘也方便，少不得就引來其他的活魚。咱們永餘沒什麼大商賈，不然有人開個頭籌集點錢把永餘到這裡的路修起來，真真是極好的。唉，還是看我這生意能不能做，如果做得下去，這筆錢咱們家來出也是使得的。」

馬開的長子聽得直點頭，道：「多謝父親教誨。」

對於這個兒子，馬開是很滿意的，點頭道：「你要知道，生意人吝嗇的話，是不可能做大的。你投進去多少本，就回收多少東西。如果捨不得錢，代價很可能就會變成其他更加昂貴的東西，所以能花錢解決的事情，那就得捨得。」邊說，他邊踩了踩腳下的路。「我一直覺得，王爺和王妃就是真正幹大事的人。他們一來，康城到昌嶺的路直接就鋪整上了，這樣的手筆，沒有一定的魄力，光靠錢財是辦不到的。」

兩人閒聊著，很快抵達昌嶺並通過檢查，來到北城門外。

這一看，馬開直接傻了。

他往前張望了幾眼，又往回看了看，一時間甚至忘了要吩咐商隊繼續前行。

他的長子湊過來，詢問道：「父親，怎麼了？不啟程嗎？」
馬開回過神來，感慨道：「我竟不知道，這北面也修了路了。」
他們剛出城門，昌嶺的守軍就在他們背後。
馬開也等不及讓下面的人去問，自己三步併作兩步往回走到一個昌嶺守衛面前，詢問道：「守衛小哥，勞駕問一下，這……」他跺了跺腳。「這水泥路，一直修到哪裡去啊？」
守衛看了他一眼，和善道：「一直修到了拒戎那邊。你們沿著這條路一直走就行了，絕對不會出錯。」說完，他甚至多嘴提了一句。「對了，中途你們還可以在阿勒族那邊歇歇腳，他們那裡的烤肉可好吃了。」
聽到守衛的話，馬開連連點頭。「唉呀，之前都不知道，不然我們也不會這麼早就過來了。我還以為關外還是些泥土路，要走上半個多月呢。」
「早幾天過去也沒事。」守衛見狀又說道：「到時候先在城中住幾天便是了。」
「那我這老腰怎麼受得了？」他搖了搖頭，徑直離開了。
雖然如此，他也沒有改變計劃的意思。畢竟商隊都來到昌嶺外面了，即使時間跟預計的有些出入，也只能將錯就錯。
一路上，如守衛所言，昌嶺到拒戎之間就是一條直直的水泥路。
但馬開似乎並未因此開懷。
幾天後，他的長子終於忍不住，湊過來詢問道：「父親，為什麼我見您臉上依舊有些焦慮？是不是此次前往拒戎交易，還有什麼風險？」

「到了你就知道了。」馬開無奈地搖搖頭。想了想，他還是簡單解釋道：

「你不知道，咱們常在路上跑的，就希望進城之後好好休息一下。但是拒戎那個地方，之前我常去，那條件真是連咱們家裡的馬廄都不如。」

見長子若有所思地點點頭，馬開又提醒道：「總之，你做好準備，苦也就苦這麼一陣，等把這批貨物賣出去，咱們回到永餘再好好休息。」

約莫十天後，他們比原本預計的提早了四天半進入拒戎。

比起之前，拒戎從最周邊的外觀上就有了巨大改變。

馬開從昌嶺來，直接從南城門就可以進入。

此時，佇立在他眼前的拒戎，已經不是當初那個模樣。原本已經乾癟的護城河中，重新流淌起清澈的河水；城牆不僅不復原本風吹就落沙的模樣，反而壘得比以前更高了。

四周高高的哨塔上，隱約能見到拿著奇怪東西的兵卒正將目光投射過來。穿過特製的吊橋進入城中，兩邊盡是雙層高的樓房，精緻不足，但整齊氣派有餘。

馬開的長子驅使著胯下的馬兒，靠到自己父親身邊，問道：「父親，這就是您說比不上咱們家馬廄的拒戎城？」

馬開用右手撫上自己的左臂，狠狠擰了一下。

「哎喲！」一陣清晰的疼痛直直襲上腦門，也讓他徹底清醒過來。

第七十七章

封戎的營帳中，戚游和雷厲正在查看下面官員呈上來的文書。

看著面色從容的北安王，雷厲實在忍不住讚嘆道：「王爺當真神武！不過一年時間，塞外三城已經被我們奪回來了！」

戚游朝他看過去一眼。「你不也看到了嗎？我們能這麼快收復三城，最重要的原因還是戎族那邊根本沒打算頑抗。明明救助的信件源源不斷送到王庭，但是王庭絲毫沒有回應的打算。」

他的話沒有打消雷厲的熱情，雷厲傻笑著又恭維了兩句，才轉移開話題。「此次俘虜戎兵近萬，王爺，我們要怎麼處置這些人？」

戚游的目光轉回到屬下剛呈上來的文書上。「本王準備以這批人為籌碼，與王庭那邊換取當年流落在他們手上的盛朝人。前幾日我的人已經和佐以那邊聯繫上了，佐以那邊承諾，給他半個月的時間，他會集齊三萬盛朝奴隸，跟我們換回這一萬人戎兵。接下來這件事交給你來辦。到時候讓這些人投到佐以軍中，也不算放虎歸山了。」

「王爺英明！」雷厲抱拳。「您放心，到時候我親自帶著人到北邊跟佐以交易。」

戚游淡淡頷首。

片刻後，雷厲突然想到什麼，又道：「這三萬人換回來可不是一件小事，王爺，您記得跟王妃那邊通聲氣，三萬奴隸加上封戎裡面的幾千人，光是供應他們吃喝可就夠嗆。而且這裡面還不知道有多少老弱病殘，可得費不少藥草。」

戚游卻似乎並不為此憂慮。「這件事我會寫信回拒戎說明。糧食的問題暫時不用擔心，如今有了紅薯，再加上康城和昌嶺那邊的幫襯，足以讓他們支撐到可以勞作的時候。」

雷厲點點頭，說完正事，他站起來伸了一個懶腰。「王爺，沒事的話我就先下去休息了。這幾日都沒睡好，腰痠背痛的。」

「去吧。」燭火下，戚游頭也不抬，淡淡應道。

幾日後，俘虜交換正式開始。

佐以已經從戚游手中買到一批武器，軍備充足的情況下，他對得到封戎城中的戎兵俘虜十分急切。為此，他甚至提前兩天湊夠了三萬盛朝奴隸，迫不及待地來到了約定好的交易地點。

馬車上，他摟著羅軻，暢快道：「沒想到美人兒妳還有這樣的本事，如果不是妳的計謀，本王哪能這麼快湊夠這些盛朝奴隸，哈哈！」

羅軻倚在他懷中，餵他喝下一口美酒，淺笑道：「大王過譽了。奴家不過是長了一張盛朝人的臉，做起這些事情來比較方便而已。要是沒有您，奴家可什麼都不是！」

佐以顯然對這些追捧十分受用，狠狠在羅軻面上親了一口。「之前到拒戎真是一個正確的決定，不僅大王子意外身死，我還得到了妳這麼個寶貝。妳放心，等我成為戎族的可汗，一定少不了妳的好日子！」

「唉。」羅軻故作委屈地嘆了口氣。「奴家只希望王妃不要再故意搓磨奴家了，奴家做這些，難道不都是為了大王開心嗎？」

提起自家那個勢力不小的正妻，佐以親王黑著臉哼了哼。

他沈默了片刻，道：「從今往後，妳不要再回她那裡了。」

抬起羅軻的下巴，滿意地打量著她的姿色，佐以嚥了口口水說道：「往後妳就跟在本王身邊，保證妳再也不受欺負。」

羅軻輕輕點了點頭，又埋進佐以懷中。

幾日後，他們到達之前約定的地方。雷厲已經帶著人，押著那一萬戎兵俘虜等在那處了。

兩方都是人數龐大，花了好一陣時間慢慢接近，廢了一整天的功夫分批換人，這才在日暮前完成了這次交換。

因為戚游與佐以的關係比表面上看起來更加親密，夜裡，他們甚至舉行了一場晚宴。佐以照例帶著羅軻出場。

「哈哈哈，還要感謝北安王的慷慨啊！」佐以對著雷厲敬酒。「如此一來，有了武器又有了兵，我就能與五皇子那個吃軟飯的一決高下了。」

雷厲舉了舉杯。「那我先恭祝親王馬到成功了。」

兩人都不知道對方的語言，羅軻恰好充當了翻譯。

酒至酣處，佐以漸漸有了醉意，摟著羅軻的肩膀便喃喃道：「哎呀，美人兒妳真是我的寶貝。還好這一次聽了妳的話，親自過來交換俘虜。妳方才看到沒有，那些俘虜看我的眼神，恐怕已經把我當成他們唯一的救命恩人了，哈哈哈！不過本王確實就是這麼仁慈，比那個狗屁五皇子好多了。嘿嘿，等我成為可汗，一定封妳為可敦！」

如果說在戎族中，可汗是皇帝的意思，那可敦就是皇后娘娘。

羅軻一邊媚笑著應付他，一邊與雷厲遞了一個眼神。

夜裡，兩人找了個機會出來碰頭。

需要找機會的其實就只是羅軻，雷厲只需要在約定的地點吹上幾個時辰的冷風等人而已。

但他不敢有怨言。

出來之前，戚游已經千叮萬囑，與他說過羅軻之前的事蹟。現在在雷厲心中，羅軻在收復五城中的關鍵性，比他自己還緊要些。

見羅軻踏著星月而來，雷厲連忙站得筆直。

羅軻來到此處，先與自己身後的兩個戎人吩咐了兩句。

他們其實是戚游的人，當初被派去接應羅軻，如今已經被羅軻想辦法調到了自己身邊。

兩人會意，直接轉身，守在了外頭。

雷厲笨拙地與羅軻見禮。「呃……羅夫人。」

羅軻卻不耐煩虛禮，只徑直與他述說自己最近在王庭中打探到的消息。

等她說完，雷厲抿了抿唇，這才開口問道：「王爺讓我問妳一聲，妳要不要回來？如今王庭那邊的情況我們了解得差不多了，之前在妳的幫助下，我們也安插了很多人進去。佐以與五皇子那場戰鬥勝負難料，但無論如何大概多少都會波及到妳，妳如果在此時配合我們抽身，全身而退的機會比較大。」

羅軻聞言，沈默片刻，輕輕搖了搖頭。「現在回去，我都不知道該做些什麼了，不如就這樣吧。反正沒看到最後的結果，我是不會死心的。」

「什麼算是最後的結果？」雷厲問她。「妳不會真以為我們能將戎族全滅吧？我們最後就是收復五城，然後將戎族打得縮回草原深處。草原那麼大，戎族那些部落又零散，根本不可能將他們全部擊殺。」

「我知道。」羅軻回應道：「但總之現在不行，現在還不到時候。」說完這句，她轉過身。「時間太久，我該回去了……我們之後再聯絡吧。」

說著，她攏了攏肩上的披風，輕移蓮步，跟來時一般，迎著星月又離開了。

雷厲眉頭緊蹙，驀地吸入一口草原的涼風，幽幽嘆了一口氣。

整整三萬的盛朝遺民，根本不可能留在封戎。

雷厲帶著他們回到城中，整頓了一日，又馬不停蹄地準備將他們帶回拒戎。

拒戎城中，曹覓早就接到了消息，準備好安置他們的地方。

拒戎唯一的好處就是地方大，加上如今是夏季，對於住所沒有太高的要求。她便令人在城外建造了幾處簡單的村落，打算讓他們先安置下來，再派人過去教導，令他們趁著夏耕的節令開墾自己的田地。

這些人暫時都先安置在拒戎附近，等到確認沒有問題，還會被分配到其他城池去。但驀然多了這麼多張吃飯的嘴，還是令曹覓覺得壓力十分巨大。

不過，一封梨州傳來的信件解決了她的燃眉之急。

準備了幾日後，曹覓親自帶著人奔赴水靖，準備去接管一大批從梨州運來的糧食。

她到了之後，才知道戚游為了方便兩地的貨物往來，已經直接將水靖中的一個港口買了下來。看著正在卸貨的巨大商船，她也不得不感嘆戚游當真是財大氣粗。

長孫淩原本正在岸邊監視著手下運貨，見到曹覓到來，連忙過來行禮。

曹覓看著眼前比記憶中黑了不少的高大男子，將人叫了起來。「不必多禮。前往梨州不過一年，長孫統領看著倒憔悴了許多，當真是辛苦了。」

長孫淩毫不在意地笑了笑。「為王爺和王妃效勞，這都是屬下該做的。」

曹覓點了點頭，往船那邊看了看，感慨道：「這才過了多久，連這樣大的商船都造出來了嗎？」

曹覓站在遠處，光憑這麼草草一掃，就可以判斷長孫淩乘坐的船隻前後約莫得有五十公尺長。

「也不是。」長孫淩連忙解釋道：「屬下當初在梨州買下了一間船廠，這艘商船其實已經建好了大半。隨後，屬下便找人將它完整建造了出來。也是託了之前耽擱的福，這船一弄好便可以下海了，不像其他新船一樣要晾上幾個月。」

曹覓恍然道：「原來如此。」

長孫淩帶著她朝船隻走去，邊走邊介紹起此次帶過來的東西。

「此次帶的最多的東西，還是梨州的鹽和糖。」說到這個，他顯然很興奮。「多虧了王妃之前給了兩種辦法，如今莊內的糖和鹽已經能夠量產了。我們將部分鹽和糖販售出去，賺回利潤，填補了之前建莊子時的缺口。」

想起自己的曬鹽法和製糖法，曹覓頷首道：「雖然方法是我給的，但是你們能做到這種地步，顯然也是用了心的，值得褒獎。」

草原上本來就缺少鹽和糖，長孫淩和北寺弄來的這一批恰好能填補這個空缺。當然，曹覓也為他們帶來了許多遼州和塞外的特產，例如在南方能賣出高價的遼參和皮毛一類。

但更令長孫淩歡喜的是，曹覓也趁此機會，將紅薯、花生等幾種作物的加工方式告知了他。

曹覓很滿意，雙方花了三天交換好東西之後，便各自啟程返回。

等她回到拒戎，時間差不多來到夏末。

入秋之前，戚游也帶著自己的親兵返回拒戎。

北面抗戎到封戎一帶的軍事防線已經重建了起來，雷厲作為守將，留在那邊鎮守。而戚游為遼州封王，還有其他內務要處理，不能長久留在邊關，於是便帶著自己的人先回來了。

城中為他專門安排了接風宴，宴席上，曹覓難得開懷，喝了好幾杯酒水。

等到宴席散了，戚游扶著她回房的時候，發現王妃已經醉得迷糊了。

在人前還能勉強保持儀態的北安王妃，回到自己的屋子之後，便禁不住耍起性子。

戚游早將其他人都打發走了，自己擰了條濕毛巾來到曹覓面前。「來，擦擦臉。」

曹覓將臉湊過去，碰到濕帕的瞬間又縮了回去。「好涼啊！」

戚游無奈地搖了搖頭。「是妳的臉太燙了。」

此時還是初秋，天氣並不寒涼，屋中準備的都是可以降溫的涼水。

戚游一邊護在曹覓身後不讓她倒下，一面吩咐屋外的婢子去取熱水。

等待中，戚游笑著教訓了一句。「誰教妳今夜喝個不停，醉了吧？」

曹覓聞言，嘟起嘴來怒瞪著他。

戚游無奈問道：「怎麼了？」

「還不都是你。」北安王妃理直氣壯指控道：「你這麼久都不回來，氣死我了！」

戚游聞言，愧疚之餘又覺得十分有趣。曹覓很少這樣直白表露對他的愛意，此時這句醉後真言，直直戳到北安王心坎裡去了。

於是他放低了聲音，柔聲解釋道：「等戰事平息，我一定長長久久陪在妳身邊……我們兩人，永遠不分開，好不好？」

曹覓愣愣反問道：「是嗎？」

她話音剛落，有婢子敲了敲門，將熱水送了過來。

戚游起身擰了塊帕子，幫兩人簡單清理過，便柔聲哄道：「我們回床上睡覺？」

曹覓下意識掙了掙，沒掙脫出來，便老實地順著他的力道站了起來。

他正準備直接將人抱起的時候，曹覓突然將他推開，說道：「不對，瑞兒呢？還有安兒和然兒呢？」說完這一句，她朝著門邊走去。「他們今晚……也不知道吃飽沒有……得過去看看。」

戚游連忙將人攔下。「妳這時候才想起來？早些時候我已經派人去過了，他們這時候都睡下了，妳別去吵醒他們。」

「真的嗎？」曹覓皺起眉頭。

「真的。」戚游保證道。

他嘆了一口氣，彎下腰將人抱了起來。「好了，我們也回去睡覺吧。」

曹覓摟著他的脖子，愣愣地點了點頭。

戚游便滿意地抱著人往床榻走。

也不知道怎麼回事，明明方才還有力氣鬧得歡的曹覓，在這短短的幾步間，突然發出了均勻的呼吸聲。

等戚游將她放下，發現人已經睡死過去了。

只稍微有些醉意，覺得今夜不該就此潦草結束的北安王頓時陷入了僵局。

他在床頭坐了好一陣，終究還是輕笑了一聲，將這筆帳仔細記下。他寬了衣，默默在曹覓身邊躺下。

第七十八章

日夜輪轉，時光在北安王妃夜夜還債中度過。

秋意漸濃，很快到了秋收時候。

拒戎城內外一片熱鬧的景象，戚游負擔起了照顧三個孩子的任務。

曹覓有一次因為事務到了外城，才親眼見到他訓練三個孩子的模樣。戚瑞和戚安倒還好，最小的戚然被折騰得兩眼泛淚，偏偏還不敢來找曹覓告狀。

但也因此原本胖乎乎的王府小公子經過這一番，體重明顯降了下來，朝著他兩個身量頎長勁瘦的哥哥看齊。

曹覓有時候抱著他，一邊欣慰於自己么兒越長越好看，越來越健康，但一邊也可惜他軟軟的臉頰肉就這樣一去不復返了。

降雪前，北安王一家五口換上普通人的衣裳，到郊外遊玩。

原本荒涼的拒戎城經過這一年多的建設，已經恢復了些許，不僅建築煥然一新，往來的百姓也漸漸多了起來。

幾人在拒戎河邊暫歇，曹覓從烈焰背上摸出幾個前幾日剛收上來的紅薯，笑道：「我們來烤紅薯！」

接著，她便與幾個孩子一同動手挖了個坑，將包裹好的紅薯埋下去，又在上面點了火。

戚游常年在外，自然知道這種烹飪方式，而三個孩子常年在府中養尊處優，看著十分新奇。

「這樣真的能烤熟嗎？」戚然瞪著眼睛詢問道。

曹覓點點頭。「當然能，可好吃了，你等著就是。」

戚然便興奮地點點頭。

另一頭，戚游脫了鞋，用隨身攜帶的武器從旁邊一處淺灘上叉來了兩條魚。他簡單將魚兒處理了一下，插上樹枝，送到火堆邊。撒上帶出來的調味粉，烤魚的香味便慢慢飄了出來。

戚游將其中一條遞給三個孩子讓他們自己分享，又將另一條單獨給了曹覓。

拿到完整一條魚的北安王妃自覺受到「優待」，樂呵呵地準備嚐嚐北安王的手藝。但她剛將烤魚舉到自己面前，突然克制不住一陣噁心，慌忙將烤魚丟回戚游手上，轉身乾嘔起來。

戚游嚇了一跳，直接將她抱上馬車，並喚身邊小廝去請大夫。

很快，他們回到內城的院落。

上了年紀的大夫正坐在桌邊，絮絮叨叨同北安王和北安王妃說話。王府三個小公子遣退了跟在旁邊的下人，頭挨著頭擠在窗邊朝屋內張望。

「說什麼說什麼？」已經瘦下來的王府三公子急得直撲騰。「大哥二哥你們聽見他說什麼啊？娘親怎麼了？是不是生病了？父親為啥不讓我們進去？」

戚瑞轉頭看他一眼，伸出手扶了他一下。「你站好。大夫正給娘親看診呢，父親當然不想讓我們進去添亂了。」

「我看啊，父親純粹就是防著戚然。」戚安涼涼開口。「要是沒有他，我們兩個進去怎麼可能添亂？」

戚然凶狠地瞪了他一眼，只恨自己緊挨著的是戚瑞而不是他。

戚瑞回頭，用眼神警告了戚安一眼，隨即又對弟弟說道：「好了，你也別急，娘親沒事。」

戚然的心思轉回來，又問道：「大哥，娘親這是怎麼了？」

戚瑞頓了頓，回道：「娘親懷孕了。」怕戚然無法理解這個詞，他又補充道：「嗯，就是我們可能要有弟弟了。」

「弟弟，嘻嘻嘻！」戚然突然笑起來。「我想要弟弟！有了弟弟，我就不是最矮的了，嘿嘿！」

戚安嫌棄地看了他一眼。「你怎麼知道就是弟弟？如果娘親生出來個妹妹怎麼辦？」

「妹妹？」戚然眨了眨眼睛，認真問道：「妹妹是什麼？」

戚安不客氣地翻了一個大白眼。

王府裡三個孩子都是男孩，往常出門結交同齡人，遇上的也都是各家的男丁，確實少有機會能接觸女孩。

戚然對於自己不感興趣的東西，向來腦筋轉得不快。戚安冷不防提起這個詞，他第一時間沒能反應過來。

戚瑞聽到他的疑問，抿了抿唇，突然開口道：「你們還記得我們之前在昌嶺見過張氏嗎？」

雙胞胎朝他看過來，戚瑞又繼續道：「她身邊不就是帶著一個比你們兩人還小的孩子嗎？那就是『妹妹』。」

戚然面上的表情從驚訝轉為不滿，嘟著嘴，確認道：「就是那個穿紅衣服、頭上綁著好多小辮辮的人嗎？」

「對！」戚安接過他的話。「還賴在娘親身上一直不下來的那個！」

「我不喜歡她！」戚然一錘定音，下了結論。

戚瑞似笑非笑看了他一眼。「『妹妹』也不是跟她一模一樣的。那個小女孩是張氏生的，但是『妹妹』是娘親生的，會住在王府裡面。」

戚安將雙手托在下巴下面。「我記得娘親很喜歡那個小女孩。如果生了妹妹，娘親會不會就不理我們了？」

戚瑞沒回答他這個問題，只低聲說道：「你們說，妹妹會不會跟娘親長得很像？」

本來默默生著悶氣的雙胞胎驀地來了精神，又把目光轉到戚瑞身上。

戚瑞便分析道：「你們看，我就長得很像父親。你們……嗯……有的地方像父親，有的地方像娘親。如果是個妹妹，總不可能還像父親了吧，所以應該是長成娘親那個樣子。」

三人正說話間，屋裡的大夫已經交代清楚所有要注意的事宜，收拾好自己的東西，起身朝著戚游和曹覓行禮，準備離開。

戚游親自將人送到門外，回身前對著挨在一起的三人招了招手。

王府三個小公子會意地跟在父親後頭一起進了屋。

三人並沒有刻意掩飾，曹覓靠坐在床上，早就發現了他們「偷窺」的行為。見到三人走近，她笑著問道：「你們在窗外嘀嘀咕咕說些什麼呢？」

戚然習慣性地朝她飛撲過去，半途被戚游截住了。

他將三人留在離床還有三步遠的地方，道：「娘親現在禁不住你這樣了，你們站在這裡說話就好。」說著，他自己反而跨了一大步，走到床沿坐下。

戚瑞三人這段時間被他操練慣了，絲毫不敢有違抗之意，乖乖在原地站好。

戚然伸長脖子，對著曹覓問道：「娘親懷孕了嗎？」

曹覓瞥了戚游一眼，點頭承認道：「嗯……是的。」

說起這件事，北安王妃自己也很無奈。

之前自己的嚴防死守出現了紕漏，讓戚游得了逞。而這種事情最忌諱的就是有了開頭，有一便有二，有二便有三四五六七八九……

之前幾次並沒有「中標」，使得曹覓出現了點僥倖心。這次戚游回來之後，在這段難得平和的閒暇日子裡，兩人徹底忘了顧慮。

這麼說也不對，只管播種的北安王從來沒有顧慮，王妃雖然偶爾會閃過念頭，但轉頭又被王爺的美色迷得七葷八素，忘乎所以。

對於這樁突如其來的喜事，曹覓是沒有準備的，但是木已成舟，她腹中的小生命已經將近兩個月了。

她此時還沒有理好思緒，腦子裡一片亂糟糟。

剛應付完大夫，現在又對上了三個孩子關懷的目光，她只能深吸一口氣，讓自己打起精神。

另一邊，戚游已經開始叮囑起三人了。「……娘親之後不能太過勞累，也不能磕碰。所以你們，特別是你，然兒，不要隨意撲到她身上，或者賴在她懷裡……」

戚然越聽，嘴越癟，趁著戚游停頓的瞬間，插嘴問道：「娘親是因為懷了小妹妹，才這麼虛弱的嗎？是不是如果是小弟弟，就不會這樣了？」

戚游根本搞不懂他這套邏輯是哪裡來的，只解釋道：「當然不是。懷孕本來就是一件辛苦的事情，跟弟弟或者妹妹無關。」

「原來是這樣。」戚然了然地點點頭。

搞明白其中的關係之後，他開始大言不慚地跟曹覓提要求。「娘親，那我還是要妹妹，不要弟弟。」

曹覓無奈地笑了笑，順便拍了一下旁邊正附和著點頭的戚游一下。「為什麼？」

「因為大哥說，妹妹會長得跟娘親一樣好看。」戚然認真地回答道。

聽到這一句，毫無受誇讚準備的北安王妃被撩得羞澀起來。

她用雙手捂著自己的臉龐，被這馬屁拍得心裡美滋滋，面上笑個不停。

戚然也不知道自己一句話為何會造成這樣的效果，呆呆問道：「啊……大哥說得不對嗎？」

「對對對！咳，說得對！」曹覓連忙道。

她壓下心頭歡喜，還是補了一句。「不過娘親要跟你說實話，這種事情是沒辦法決定的。」她摸了摸自己依舊扁扁的肚皮。「除非他真的來到，否則我們也不知道他到底是弟弟或妹妹。」

戚然頓時愣住了，茫然地轉過頭，與戚瑞和戚安交換了幾個眼神。

「但是……」曹覓又溫聲道：「不管他是弟弟或妹妹，然兒都要做哥哥了。他比你們小太多了，到時候你們三個一起幫忙照顧他，好嗎？」

懂事如戚瑞、戚安自然是直接點頭應下，而突然榮升為「哥哥」的王府三公子，也將腦袋點得跟小雞啄米似的。

一家五口聊了一小會兒，戚游便以曹覓要多休息為由，將三個孩子送出去了。

接著，他回到曹覓身邊，扶著她躺下，輕聲道：「睡一會兒？我去前面幫妳看看藥膳好了沒。」

但曹覓卻抓住了他的手。戚游一愣，問道：「怎麼了？」

其他人都已經離開，屋中只剩下兩人，曹覓眼角霎時就濕潤了。

「我、我有點怕……」

上輩子甚至沒有結過婚的曹覓，不知道其他女子得知自己懷孕是什麼心情，她知道，自己能靜下心來跟大夫說話，打起精神應付三個孩子，但在戚游面前，她卻只想訴說自己的慌亂和委屈。

但話出口之後，她便有些後悔——她驀然想起自己在這個時空中的身分，已然是三個孩子的娘親，說出這種話並不合時宜。

於是她低下頭，鬆開了握住戚游的手。

但手還沒抽回，戚游便張開手重新抓住了她。

面對千軍萬馬面不改色的北安王在她面前溫聲自首。「不瞞妳說，我也有些緊張。」

曹覓詫異地朝他看過去。

兩人靜靜地對視一會兒，曹覓驀然破涕為笑。

她也說不清自己的感受，但能看到戚游眼中的緊張和期待，還有占據了最大位置的——自己的身影。

北安王的眸子很堅定，手掌很溫暖，所以她似乎也多了些許的勇氣。

她攬著戚游的脖子將他拉下來，在他耳邊提著要求道：「你知道嗎？聽說女人懷孕之後，脾氣都會變得很差。這段時間，你要無條件地包容我，不管我做什麼，都不准衝我發脾氣，知道嗎？就這一段時間了，你得忍著。」

「嗯……」戚游笑著問道：「比如呢？」

曹覓想了想，絮絮叨叨地道：「我特別不喜歡你那件深藍色的衣服，你每次穿都好像老了好幾歲，你不准再穿了！書房裡面的書案為什麼一定要用鑲金邊的，很俗氣你知道嗎？還有……你真的不會有別的女人嗎？據我所知，很多男人就是在妻子懷孕的時候出……納了小妾！戚游你可千萬別做這種事，不然我不會放過你的！」

「就這些？」戚游挑了挑眉。

「當然不止，不過其他的我暫時還沒想到。」曹覓理直氣壯得很。

「嗯，知道了。」戚游應道：「但我覺得這個期限太短了。」

「啊？」曹覓沒有反應過來。

戚游輕輕抬起頭，在她額上落下一吻。「為什麼要局限在妳懷孕的這段時間？如果妳想要的只是這樣，我可以保持很久很久……衣服妳不喜歡就扔了，書案可以換掉，沒有其他的女人……這個要求的期限可以無限地延長，只要……」

他的唇隨著最後一個字落到曹覓的雙唇上，兩人順勢交換了一個淺淺的親吻。

春光裡播下的種子，終於在這個秋日，結出了香甜的芬芳。

第七十九章

懷孕後的日子似乎沒有什麼太大的不同，就是比以前悠閒了些許。

但王府中的四個男人就不一樣了。

在他們的理解中，府中好像多了件什麼不得了的珍寶似的，走路聲稍微大點，都能引起一場天崩地裂的震動。

雪還未落下，幾個匠人忙活了幾天，將拒戎王府內院的屋子都安上了玻璃窗戶。

曹覓倚在榻上，曬著冬日裡的陽光，舒服得深呼出一口氣。

戚然還站在窗邊研究著，聽到她的聲音，轉頭問道：「娘親，妳又要睡覺嗎？」

近來變得有些嗜睡的曹覓搖了搖頭。

戚安在戚然後面叫道：「你別再敲玻璃了，工匠說這東西跟陶瓷一般易碎，你再多拍幾下，它估計就壞了。」

戚然聞言，悻悻地從窗邊回來。

拒戎城中的日子，就在王妃沒心沒肺、王爺和三個小公子若捧珍寶的狀態中流逝而去。

半個月後，遲來的冬雪終於重新降臨在拒戎的天空。

曹覓窩在戚游懷中，道：「已經連續兩年天現異狀了，我總有些不好的預感。」

戚游檢查了一下蓋在兩人身上的被角，道：「我知道妳的顧慮。」他看了一眼窗外薄薄的落雪，又道：「不用擔心，我已經分別給北安和梨州那邊去信，提醒他們做準備了。」
「嗯。」曹覓對於戚游很放心，連是什麼「準備」也沒有詢問。
但光是梨州有了準備也不行。某天，她趁著戚游不在，喊來東籬重新布置起了拒戎這邊的安排。
「我近來想了很多，總有些憂慮。拒戎城如今有好幾萬人，地裡的莊稼關乎到眾人的口糧，是頭等的大事，妳一定要謹慎，遇到什麼狀況要及時與我或者戚三那邊稟告。另外，我還希望妳下去吩咐兩件事。其中一件是安排人修建水井，有些村落離拒戎河有一段距離，有了水井，他們可以更好取水。當然，城郊也看情況挖幾個。第二件，是我想著城中百姓如今豬雞都養起來了，你命人再去找一批水鴨過來養殖吧。我聽說樊城的鴨子就很好，還會啄食害蟲，倒是可以考慮一下。」
東籬恭聲答道：「好。」
曹覓想要養一批鴨子，是記起現代時看過鴨子能吃蝗蟲的新聞。一般旱災都是伴隨著蝗災，先預備總是沒錯。
「我也不清楚拒戎適不適合養殖鴨子。」頓了頓，她說出自己的顧慮。「這件事妳還是與那些有經驗的老農商議一下，再答覆我吧。如果需要修建水塘一類的，妳去找王樹那些人，若還有解決不了的問題，便來與我說。」
「婢子明白的，王妃放心。」東籬道：「待我與管事商量出一套章程，再來與王妃稟告。」

另一邊，曹覓待產的這段時間，戚游一直寸步不離，這日出城，是因為他接到了一個極為重要的消息——

懷通的火藥終於研製出來了。

辰時剛過，他帶著戚瑞和戚安來到城外一處寬闊的荒地上。

戚二是戚游手下專門負責研發的人，此次專程從懷通趕過來，就是為了給戚游送火藥，並介紹使用方法。

得了戚游的指示，他擺了擺手，便有兵卒推出三臺黝黑的炮車。

「那是什麼？」戚安瞪大了眼睛，拉了拉父親的衣角問道。

戚游道：「是研製出來的新武器。」

「新武器？」戚瑞猜測道：「嗯，是攻城的器械嗎？」

他和戚安曾經在昌嶺待過一段時間，也見識過各種大型戰爭器械，例如攻城車、投石車一類的。但戚瑞仔細在記憶中搜尋了一陣，實在沒能找出哪一類，是能與面前這種森冷鐵塊頭連結到一起的。

「攻城？」戚游默默地咀嚼著這個詞，笑道：「嗯，倒也確實可以用來攻城。」

說完，他對旁邊的戚二點頭，示意可以開始演示。

戚二點了點頭，半蹲下對著戚瑞和戚安道：「兩位小公子，此物點燃後聲響極大，請二位待會兒看到屬下的提示後，捂住耳朵並閉緊嘴巴。」

他沒有對戚游提起過這件事，顯然是針對兩個孩子的提醒。

雖然有些不服氣，但戚安還是跟著大哥一起乖乖地點了點頭。

戚二見狀，這才安心離開。

過了一陣，他果然朝著戚瑞和戚安做了個「捂耳朵」的動作。

兩個孩子按照之前的提醒做好防範後，戚二的人點燃了炮車上的引線。火光很快吞噬掉白色的引線，消失在炮車中。

就在戚安伸長脖子想要看個究竟時，三聲巨響宛若憑空出現，震得他一個激靈，往後倒去。

好在戚游眼疾手快將他扶住，這才免了他摔個大跤。

但戚安的心思卻絲毫不在自己身上。

他愣愣看著炮口所對之處，濃煙微微散開之後，能看到原本那邊立著的標誌已經被炸得粉碎，周圍的土地也現出不自然的焦黑色。

他放下耳朵上的手，回頭去找戚游，但口中只能發出兩個音。「父親……」

戚游拍了拍兒子的肩背，道：「走，我們過去看看。」說完，他便當先一步往前走去。

戚瑞連忙牽起還在發愣的戚安，牢牢跟在後頭。

空氣中有揮之不去的硫磺味和其他說不出的特殊氣味，戚瑞一邊走，一邊還在思考著這些東西是什麼。

「王爺，您看，這就是懷通匠人研製了好幾種配比之後，如今能做出來的，威力最強的炮彈。」戚二娓娓介紹道：「第一個是目前能做到的最短攻擊點，第三個在很遠那個地方，是最遠的攻擊點。第二個則是測算出來的最佳攻擊距離。」

戚游一邊聽，一邊點著頭。

接著，戚二又重新布置了攻擊點，讓戚游能直觀看到炮彈對水泥城牆、普通兵甲的破壞能力。

熱兵器的出現，無疑給一直生活在冷兵器時代的眾人帶來了巨大震撼。戚安已經從一開始的發愣中清醒過來，但每一次炮彈聲響起，他都會激動得全身顫抖。

「太厲害了！」他雙眼發亮與戚瑞說道：「大哥，如果有了這種東西，父親不就能戰無不勝了嗎？別說還沒拿回來的震戎、懾戎，就是草原深處的王庭，我們也能打過去。」

戚游聞言，轉頭看著兩人，饒有興致地一笑。

他問戚瑞道：「瑞兒，你怎麼看？」

戚瑞隨即道：「此種武器的威力，我們今日確實領教過了。但以我看，這種兵器並非二弟所說那般能令人『戰無不勝』。」

他從方才的所見中，開始分析炮車的缺點。「這東西笨重，運輸有些困難。在平坦的草原上其實還好，要是換作崎嶇的地形，恐怕光是弄過去就要花費好大一番力氣。戚二方才也說炮彈經不起顛簸，所以並不適用於任何戰場。其次，它的發動間隔時間實在太長了。」說到這裡，戚瑞的眉頭微微皺了起來。「炮彈能發射的距離約莫有兩百步，攻擊範圍巨大，根本無法分清敵我。兩軍交會之前，它們最多能發射一、兩輪，之後還是要靠短兵相接。」

戚游點點頭，對他的分析顯然極為滿意。

「而且……」戚游最後說道：「攻城還行，深入王庭，遭遇的可能會是小股的騎兵部隊。炮車靈活度太低，對上移動能力極強的小股騎兵，恐怕完全沒有施展的餘地。」

說完，他拍了拍戚安的肩膀。「你方才說的，根本沒有考慮這一點。」

比此時的戚安還要無地自容的是主持這個項目的戚二。

他尷尬地笑道：「大公子說得是，這些缺點確實是屬下目前無法攻克的難題。」

戚瑞聞言，搖搖頭道：「你們能做到這樣，已經不錯了。我方才只是揀著缺點說，因為優點是有目共睹的。不管怎麼說，有了這種東西，父親又能添一大助力！」

戚游滿意地點點頭，對戚二道：「你們做得很好，今日的情況，本王很滿意。」

戚二受到肯定，也舒展了眉眼，道：「謝王爺和兩個公子誇讚。」

接著，戚游又與他討論起了炮車和炮彈的生產、儲備事宜，戚瑞和戚安一直緊緊跟在他身邊，也算聽了個囫圇。

夜裡，戚游帶著戚瑞和戚安回到住所。

分別前，他對兩人說道：「兵器再好，終究是外物，絕對不能成為倚仗。我這次執意帶你們過來，就是希望你們明白，想要掌控強大的武器或者下屬，都需要自身足夠強大。所以，無論今後遭遇什麼，切記自己的才能才是你們永遠的籌碼。」

冷靜自持如戚瑞，聽到這番話也激動得微微顫抖，和旁邊的戚安一起重重點了個頭。

戚游滿意地頷首，將他們送入屋中休息。

塞外，羅軻正百無聊賴地撥著一把胡琴，忽然見佐以親王急匆匆衝進來。

他看似怒極，走到桌子旁邊，便將整盤塞外難見的水果連盤子一起狠狠摔到地上。

羅軻陡然一驚，身子卻比腦子更快，直朝佐以靠了上去。

「王爺，」她抱著佐以的手臂，哀切道：「這是怎麼了？怎麼發如此大的脾氣？」

她邊說，邊分出一隻手輕拍著佐以的後背。

佐以看了她一眼，稍稍被安撫下來，粗喘了一口氣，不再動作。

羅軻便給屋中的侍女使了一個眼色，令她們將此處收拾妥當，自己則攬著佐以，將他帶到了裡間的榻上。

「王爺，究竟發生了什麼事？」她柔聲詢問道：「何不說出來，讓妾身為您分分憂呢？」

聽到這句話，佐以狠狠拍了一下大腿。見自己嚇到了羅軻，他連忙哄道：「美人兒莫怕，我不是衝著妳來的。」

他呼出一口氣，恨恨地說道：「還不是五皇子那廝。他今日派人送了信給我，說是不想與我正面交鋒，他準備以儲君的名義，向草原上幾大勢力最為強大的部落發信，邀請他們到王庭歃血見證——誰能收復被盛朝北安王奪走的邊關三城，誰就能成為唯一的可汗！」

乍然聽到這樣的話，羅軻心中的震驚一點都不比佐以少。

但她很快調整好自己，試探著問道：「難道王爺就平白任由五皇子牽著鼻子走？」

佐以重重地嘆了一口氣。

他心中是萬萬不想去招惹北安王的。說到底，他如今有和五皇子對抗的資本，其中很大原因就是戚游的資助，否則以他的能耐，根本不可能擁有如今這樣規模的軍隊。之前，他與戚游暗中的約定就是——戚游支持他成為草原的可汗，而他則將邊關五城拱手相讓。

可如今，五皇子直接將戰場轉移到邊關去，實在出乎佐以的預料。

他擰眉沈思了一會兒，對羅軻道：「本王恐怕……很難撼動這個結果了。」

之前羅軻一直充當他最為信任的翻譯，許多事情佐以也沒有隱瞞她。「妳可能不知道，約莫從去年開始，草原的雨水就不太充足，能放牧的草地一年比一年縮小。往常可汗在位的時候，我們應該已經在謀劃著南征了。」

游牧民族自古以來就是這樣，只要東西不夠吃了，就會想著往南邊劫掠。

「五皇子這番決定，恰好符合了其他部落的需求。」佐以喃喃道：「我麾下那些不知道我與北安王關係的部落族長，聽到這個消息，也都十分贊成。這場南征……估計在所難免了。」

羅軻眸子暗了暗。「如果真的南征，惹怒了那什麼北安王……他狗急跳牆將與王爺的交易暴露出來，那王爺不是直接失去了爭奪可汗之位的資格了嗎？」

就跟盛朝不允許與戎族通商通婚一般，戎族這邊也看不起盛朝人。一個受盛朝資助的諸君，是不會獲得各部族認可的。

「是！」佐以重重點了下頭。「本王正是為了此事煩惱。」

看明白佐以的態度，羅軻眼珠子一轉，倒是有些想法。「妾身倒覺得，五皇子這個計劃，其實也是王爺一個大好的機會。」

佐以詫異地朝她看過來。「美人兒，妳有什麼辦法，快點與我說說！」

羅軻笑了笑，靠上了佐以的懷抱。「王爺，原本我們需要直接對上五皇子，勝負還難料呢！如果五皇子願意領軍到南方去，您不如聯合北安王，南北夾擊將他一舉殲滅。如此一來，只要掩飾得好，一來我們的勝算更大了，二來，五皇子一死，王庭中，還有誰是您的對手呢？」

佐以一愣。

回來之前，他腦中其實也隱隱閃過這樣的念頭，但他畢竟是戎族人，比羅軻多了許多顧忌。「五皇子畢竟是我的親族，引外族屠戮我戎族的兵卒子民……當真好嗎？」

羅軻將臉埋進他的胸膛，掩飾住自己的表情，反問道：「王爺難道忘了米哈幾位皇子是怎麼死的了嗎？以五皇子和天夷族的秉性，如果王爺不爭取，難道還能全身而退嗎？」

說著，她已換上一副泫然欲泣的模樣。「妾身倒是願意陪著王爺回到部族，度過餘生，但妾身怕的是王爺連離開的機會都沒有啊！」

佐以被她這樣一點醒，眼中明顯有著掙扎之色。

但在羅軻悲泣出聲之後，他咬著牙道：「對！事情已經到了這個地步，不是他死就是我活，我不能心軟！」

他幫羅軻擦了擦面上的淚珠。「美人兒不要擔心，本王絕對不會失敗，讓妳落到那樣豬狗不如的人手中！」

羅軻便配合著收了眼淚，柔柔道了一聲「是」。

第八十章

北安王妃於拒戎城中誕下一女。

滿月宴過後沒幾天，戚游又披上了銀鎧。

曹覓其實隱隱有預感，知道戚游憋到這時候才走，已經是極限了。

她親自為他收拾了行裝，並沒有多說什麼。

戚游握住她的手，安慰道：「沒有意外的話，這就是我與戎族的最後一戰了。此去長則三年，短則數月，收復剩餘兩座城池後，我很快回來。」

他早在年前就收到了羅軻傳來的消息，一直在籌備對北的戰事。此時曹覓生產完，女兒也滿月了，他終於能安心離開。

曹覓當然知道他收復五城的執念，如今只差臨門一腳，儘管心中有萬千不捨，終究化成淡淡一句「好」。

戚游輕輕將人攬進懷中。「妳在家中，好好照顧他們四個，等我回來。」

「可不能只是等你回來。」曹覓笑著抱怨一句。「我還要整頓城中，調集軍糧，接應梨州的物資，安置隨時可能到來的遺民，可不比你輕鬆！」

戚游聞言便笑。「對，差點忘了，王妃可不是只會留在城中享福的弱女子。」

曹覓被他調侃，不滿地瞪他一眼。

想了想，她又問道：「之前一直沒問，火藥那些，應當已經可以投入使用了吧？」

「嗯。」戚游沒有隱瞞。「從懷通調過來的五臺火炮已經準備好了，這一次會隨我一起離開。」

曹覓稍稍安下了心。

戚游最後深深看了她一眼，道：「照顧好自己。」

說完這一句，他便頭也不回地走了出去。

曹覓站在屋中目送他離去，也不知道站了多久，身旁搖籃中的小女嬰發出一陣嚶嚀。

北安王妃便散了全部的力氣，任由自己跌落在地，看著搖籃中的小生命發了好一會兒呆。

年歲流轉，冬風吹來雪花，雪花凋謝後，黃色的迎春又掛滿了枝頭。

王府的小女嬰換下厚厚的棉衣，迎來了人生中第一個春日。

曹覓給她摘了一朵迎春，被小女嬰揮舞著手拍掉了，她又遞過去一朵玉蘭，濃郁的玉蘭香氣這才擄獲了小女嬰的歡心，緊緊攥著白色的玉蘭花，嘴中發出意義不明的「哇」、「啊」聲響。

北安王妃吁了口氣，剛抬起頭吹了吹初春的微風，便聽到戚然喊道：「娘親！妹妹把花塞嘴裡了！」

曹覓一愣，連忙低頭把玉蘭花給「拯救」了出來。

戚安跟著戚然一起站在搖籃邊，抬頭看著曹覓，問道：「娘親，妹妹怎麼還是這麼笨？什麼東西都往嘴裡塞？」

「每個人小的時候都這樣。」曹覓無奈地解釋道。

戚安立刻反駁道：「大哥說他小時候就不這樣！」

曹覓聞言笑出了聲。

她看了眼旁邊故作鎮定，其實面上已經發紅的戚瑞，道：「你大哥是忘記了，所有人小時候都這樣的，但這沒有什麼好丟臉的。」她想了想，解釋道：「就好像一粒種子，要經歷從春天到秋天整整大半年，才能長出果子。成長總是需要時間。」

「現在是春天了……」戚然抬起頭，認真問道：「我們現在把妹妹種下去，秋天妹妹就會跟我一樣懂事了嗎？」

「妹妹是人，不能種！」曹覓翻了個白眼，解釋道：「我說的只是一個『比擬』，林夫子的課上沒教過嗎？」

提起課業的事情，戚然連忙低下了頭，不敢再開口。

母子四人在亭子邊說了一會兒話，院中一個婢子便找了過來。

東籬上去問了兩句，轉頭過來與曹覓說道：「王妃，康城那邊來了消息，需要您處理一下。」

「康城？」曹覓有些詫異，隨後便道：「好，我回去看看。」

此時，距離她帶著孩子出來還不到兩刻鐘，曹覓想了想，對著戚瑞囑咐道：「瑞兒，娘親有些事情要回去處理，你帶著妹妹和安兒、然兒在這邊玩一陣，然後再把妹妹送回屋子裡，好嗎？」

一直很懂事的戚瑞愣住了，指了指自己。「我……我來帶她嗎？」

曹覓堅定地點了點頭。「嗯，有什麼事就問過乳母和婢女們，不要讓妹妹把東西塞嘴裡，也不要讓她受寒了。就這樣吧，我先走了。」

說完，她揮了揮手，帶上東籬幾人離開了。

亭子中還有女嬰的乳母和其他幾個婢女，曹覓半點都不擔心小女兒出什麼意外。

她此番故意「為難」戚瑞，就是希望戚瑞能多跟妹妹相處。

自從女兒出生之後，戚瑞似乎被迫見證了自己在嬰兒時期的各種狀況。每次女兒出現窘狀，曹覓和婢女們在收拾的時候，都會說上一句：「你們小時候也是這般。」

因此傲氣凌人的長公子完全無法接受自己也經歷過屎尿不能自理的時期，平日雖然也跟著雙胞胎待在曹覓身邊，但對這個妹妹卻是敬而遠之。

曹覓早看出他這點小心思，所以一有機會，就會讓戚瑞負擔起帶孩子的重任。

戚瑞儘管不願，但還是十分負責，曹覓走後，他便從亭子外走到了小女嬰的搖籃邊上。

小女嬰似乎很少見到自己的大哥，此時便睜著圓溜溜的大眼睛看著他。

戚瑞也不知道要拿她怎麼辦，便直愣愣地與她對視。

母親臨走之前只囑咐他看著小女嬰不要亂吃東西，不要受涼，戚瑞自認就這樣對峙著，也算是完成了任務。

但小女嬰的耐心可沒他那樣好。

她瞪了一會兒眼睛，也不知道是不是無聊了，突然哇哇號哭起來。

戚然立馬跳了起來，指責道：「大哥，你把她弄哭了！」

戚瑞壓抑著慌亂，一邊招手喚來旁邊的乳母照看，一邊回道：「胡言！怎麼是我弄哭了她？」

「你一直瞪著她，好凶啊，我都看見了。」戚然說出「證據」。

小女嬰被乳母抱起來檢查，戚瑞的目光隨之移動著。

他哼聲，辯解道：「我沒瞪著她。」

乳母輕哄著，小女嬰終於重新安定下來。

她把小女嬰遞給戚瑞。「大公子，您要不要抱抱小娘子？興許是小娘子沒見過您，您剛才看她，她才害怕了。」

「害怕了？」戚瑞疑惑反問。他看了戚然一眼，朝著乳母又解釋一次。「我沒有瞪著她。」

「她太嬌氣了。」戚安在一邊為自家大哥說了句公道話。「你直直盯著她，她都會不樂意的。」

戚瑞一邊手忙腳亂從乳母懷中接過小女嬰，一邊問道：「那……那我該怎麼辦？」

戚安難得能給自家大哥出主意，興沖沖地跑到他旁邊道：「大哥，你給她唱歌，然後……然後拍她的手臂，我看娘親就是這麼哄她的！」

「對，拍拍她！」戚然也起鬨道。

戚瑞抱著個燙手山芋，適應了好一會兒，才輕輕動起手，模仿記憶中曹覓的動作，對著小女嬰說了句。「妳別怕啊！」

小女嬰眨了眨眼，只冒出淺淺兩顆下門牙的嘴中發出「咕嚕咕嚕」的聲音，似乎在回應哥哥的話。

「妹妹在說什麼？」戚然問。

戚安答道：「她說，二哥哥是天底下最好的哥哥！」

戚然一愣，反應過來後推了他一把。「你不要臉！」

戚安衝他吐了吐舌頭。「她就是這樣說的，不信你問她。」

戚瑞已經習慣雙胞胎這種一言不合就要吵起來的情況，但這次有所不同，他直接朝兩人喊了停。「別吵了，她要睡著了。」

戚安和戚然馬上停止打鬧，重新湊過來。

小女嬰打了個小小的哈欠，咂咂嘴，果然閉上眼睛要睡覺了。

戚瑞用腳撥開擠得緊緊的兩個弟弟，壓低聲音問乳母。「是不是該把她送到床上，蓋著被子睡啊？」

乳母見狀笑了笑，壓低聲音回應道：「也不需要，大公子喜歡，再抱抱就是了。」

戚瑞一愣，想說自己不喜歡，但就這麼一會兒，似乎也抱出感覺來了，真要讓他現在就撒手，他還有些捨不得。

於是他不再詢問，只找了個背風的地方坐下，看著妹妹可愛的睡顏。

雙胞胎一左一右坐到他身邊，像左右護法似地寸步不離。

「她真可愛。」戚安感嘆道。

戚瑞放緩了呼吸，凝視著懷中的小女嬰，只覺周遭的春色在她的對比下，都顯得黯淡了些。

曹覓來到書房，果然看到了放在書案上的幾封信函。

她耐著性子將所有信件都看了一遍，越看，眉頭皺得越緊。

「各地的災情已經如此嚴重了嗎？」放下信後，她無奈地感慨了一句。

東籬點了點頭。「遼州是因為有王爺和王妃在，才在這一次天災中勉強挺了下來。其他州府即使沒發生叛亂的，如今也大都民不聊生了。」

這兩年，天下大旱，各地的收成都在減少，偏偏在這種情況下，朝廷不思賑災，反而加重了賦稅，兩相作用之下，全國上下已經出現了許多叛亂。

小的騷亂被當地官府壓了下去，而那些壓制不住的，儼然已經發展成為叛軍，在各地燒殺搶掠。

聽完東籬的話，曹覓十分擔憂，喃喃道：「閔州臨州這些地方，就與我們挨著。如今叛亂四起，也不知道會不會影響到咱們遼州。」

突然，她想起了另一件事，確認道：「對了，這些事情王爺那邊知道嗎？」

「還不知道。」東籬如實回答。「戚三將軍說，王爺如今正專心與戎族周旋，這些事暫時不稟告上去，以免擾亂王爺的心神。他這段時間會派人回昌嶺一趟，與留守在那處的陳賀將軍商討解決之法。」

曹覓頷首。「嗯，他的考量沒錯。這些事情，只要不是嚴重到一定要處理的地步，就暫且不要去打擾王爺。」同時，她堅定了決心。「不管外面局勢如何，廣積糧高築牆總是沒有錯的，咱們先顧全好遼州，其他的等王爺回來再打算。」

東籬點了點頭。「是，待會兒婢子便把您的意思轉告予戚三將軍。」

「嗯。」曹覓點了點頭。

東籬離開後，她揉著隱隱發痛的額角，長長嘆了口氣。

一年後，塞外的僵戎城外。

佐以騎著一匹黑色青眼的駿馬，親自來與戚游告別。

早在幾天之前，戚游和佐以聯合進攻戎族五皇子的戰事拉下帷幕。

因為事先做了準備，戚游帶領大軍傾巢而出，直面戎族五皇子的軍隊主力，佐以則負責從北面夾擊，攔截往回逃竄的戎兵。

戰鬥原本進行得非常順利，但最後關頭，五皇子帶著一隊人馬破圍而出。戚游和佐以當然不能輕易放他離開，兩方你追我趕，最後，五皇子一行藏進了位於封戎東北面的僵戎城。

僵戎城本也是戚游的目標，他乾脆帶著人將整座城池都包圍了起來，準備一箭雙鵰，一舉拿下懾戎和五皇子。

圍城的布置進行了半個月，佐以已經待不下去了。

「……王庭那邊還有許多事情要處理，各部族也在等待我們這邊的消息。」他對著戚游解釋道：「北安王，本王實在無法繼續留在這裡陪你攻城了。」

事情進行到如今這一步，戚游自然也不會再仰賴他。

於是他點點頭。「親王如果有旁的事，自去處理便是。當初我們談的條件中，親王承諾將邊塞五城拱手讓我，但也沒說會幫我攻下。如今只差震戎和懾戎，本王自會親自取回來。」

翻譯將兩人的話傳達得很清楚，佐以拍著自己的肚子點了點頭。

但是他沒有就此乾脆離去。

踟躕了一會兒，佐以開口詢問道：「北安王，本王很想知道，那一日你正面迎戰五皇子時，使用的那種天火，到底是什麼東西？本王願意用五百頭牛，或者其他珍貴的東西與你交換。價值什麼的都好談，只要本王出得起，本王都不會吝嗇！」

戚游自然知道他提的是之前自己的炮車。

說實話，要不是有那五臺炮車，戚游也沒把握在正面交戰中死死壓制住五皇子的軍隊。要知道，雖然他帶領的是麾下最為精銳的兵卒，但五皇子身後也是整個戎族最為強大的力量。

決戰地在封戎北面的平原上，兩軍對戰，生活在中原地區的盛人對上騎著精壯駿馬的戎族，輕易討不到便宜。

戰爭當日，戚游用炮火不僅擊散了戎族的衝鋒陣勢，也嚇破了這些草原深處戎人的膽子，這才能將五皇子壓到潰不成軍的地步。

佐以雖然在後方，沒有親眼目睹到炮火的威力，但也陸陸續續聽到一些風聲，知道北安王手中有能降下「天雷天火」的神兵。

戚游笑了笑，道：「雷火是天神容不下五皇子和天夷族，這才降下的懲罰，與本王有什麼干係呢？」

佐以聞言微愣。

戚游又道：「許多人，包括那些有幸逃回王庭的兵卒都知道，那一天是五皇子觸怒了你們的天神，這才招致禍患。一個被你們天神厭棄的人，如何能成為草原的可汗？佐以親王，這裡頭大有文章，如今『背神者』五皇子被困在懾戎，王庭那邊，所有的部族豈不都在等待你回去解釋？」

他這番話已經說得夠直白了，字字句句都在提醒佐以將此事當作「神罰」，以確立自己的威信。

佐以也不是笨人，很快釐清了戚游的意思。

他咬住牙，面容很是糾結。

一方面，他當然知道戚游說得有道理，但另一方面，要他對戚游手中的神兵不聞不問，又有些不甘心。

但猶豫一陣，佐以還是認清了如今被動的處境。

他最後問道：「根據約定，你只會要回邊關五城，不會再往北侵略了吧？」

「那是自然。」戚游點頭道：「再往北根本不適宜盛人居住，本王費力氣打過去又有什麼用呢？本王不僅不會干涉你的治理，之後還會開放與戎族的交易。第一戎商丹巴本就是你的人，你該知道這一點對於戎族有多重要。」

聽到戚游親口承諾，佐以終於安下了心。

他點了點頭，右手擊胸對著戚游做了一個戎族禮儀。「願天神保佑你，草原永遠的朋友。」

戚游笑了笑，回以一個盛朝的拱手禮。

做完這些，佐以便回去整軍了。

兩日後，他帶著自己手下的戎族軍隊，和部分從五皇子那邊得到的戰俘，一路浩浩蕩蕩地趕回王庭。

戚游特意找了個丘陵，遠遠地目送他離去。

草原新的可汗即將誕生，盛朝和戎族的邊關至少能獲得幾十年的平靜。

接著，他又將目光投向了佇立在風中的懾戎城，心中下了一個決定。

回到營帳之後，他叫來雷厲和自己麾下的五大親軍統領，徑直吩咐道：「佐以已經離開，你們可以去準備了。後日，我們直接用炮車攻城，爭取用最快的速度拿下最後兩座城池——戎族五皇子，殺無赦。」

第八十一章

戚游在北面打仗的這段時間，留在拒戎城中的曹覓也沒有閒著。

這一年於她而言過得很快，歲月的痕跡從已經扶著牆在學走路的小女童身上就能看出端倪。

「哥，啊……哥！」她指著牆角處戚然手中的小紅帕子，回首朝曹覓示意。

曹覓便鼓勵道：「妳自己過去拿。」

得到娘親的鼓勵，小娘子便扶著牆，一步一頓朝著哥哥那邊走去。

等到她一把撲入戚然懷中，戚然又攙著她雙腋把她抱回曹覓身邊。

「妹妹，再來！」戚然又跑回牆角處，誘哄道。

小女童撇了撇嘴角，被戲弄了兩、三次後已經不打算理他了，只嘟囔著說道：「壞！」

曹覓好笑地將她抱回懷中，道：「累了嗎？好，不喜歡就不陪妳三哥玩了。」

「好嘞！」小女童答道。

所有的短句中，除了幾個稱謂，她就把「好嘞」兩個字學得最熟。

王府的小娘子如今已經一歲有餘，說出的話還無法成句，但簡單的稱呼和短句交流已然沒有什麼問題。

與她玩了一會兒，曹覓便起身對著乳母交代了兩句。

「娘親又要出去？」戚然抬起頭問道。

聽懂了這句話的小女嬰連忙伸出手，阻止道：「不要！」

曹覓無奈地搖了搖頭，對小女童解釋道：「娘親帶著哥哥出去一下，很快就回來，妳先與乳母玩一陣，好不好？」

小女童還未消化完這句話，戚然便詫異道：「娘親，您要帶我出去嗎？」

曹覓點點頭。

戚然便順勢跟在曹覓身邊，了解城中的內務以及曹覓手下的各處生意。

因為對吃食感興趣，他在這些方面居然也表現出過人的能力，這讓之前對著自家三兒子的未來有些發愁的曹覓十足欣慰。如今，她無論做點什麼都願意帶上戚然，好讓他多長點見識。

「還記得我之前與你說過的有軌車道嗎？」曹覓反問道：「昨天下面管事傳來消息，說是匠人弄出了鐵軌和木軌兩種，請我過去看看。」

「啊！那個真的建造出來了？」戚然詫異道。

曹覓笑了笑，接過東籬送來的衣裳披上，道：「有了軌道，車子就能在路上跑得更快了，運送的時間也能縮短許多。」

因為統籌著後方錢糧，曹覓深深地為運輸的事情發愁。

某天，記憶中近代出現的蒸汽火車給了她靈感——蒸汽機目前是指望不上了，但是軌道似乎並不是特別難以實現。

有了想法之後，曹覓便讓周雪等人嘗試研製。幾個月後，她們果然解決了一些常見的軌道材料、輪子脫軌等問題，造出了能安穩跑車的軌道。

曹覓此番過去，就是為了去驗收最新的軌道成果。

她已經想好了，如果東西真的能造出來，那麼就先將康城到拒戎這一段安排起來。到時候，不僅自己的貨物運送有保障，也可以收取其他想要使用軌道的商人的租金。

「嗯，那我們快去！」提起自己期待已久的東西，戚然就把自家妹妹拋到腦後了。「妹妹，妳乖乖在家裡面玩喔，哥哥和娘親過一會兒就回來。」

小女童悶聲又說了一句。「壞！」

但是她如今已經能理解大人的意思，不會像幾個月前那般，一遇到不順心的事情就哭了。

面對娘親和哥哥時不時為了旁的事離開一陣子的情況，她雖然不開心，但還是乖巧地揮揮手。「娘親，拜拜。哥哥，拜拜。」

曹覓稀罕地在她面頰上親了一口。「嗯，小心肝拜拜。」

目送著曹覓和戚然一前一後離開，小女童打了個小哈欠，從旁邊取過一個小布偶玩起來。

乳母見狀，詢問道：「小娘子，睏倦了嗎？老奴帶您回去睡一會兒？」

小女童理解了她的意思，想了想，搖搖頭。

接著，她便自己埋頭玩起玩具。

王府小娘子的玩具並不單調，她擁有一個靈魂來自現代世界的娘親，每次得到的新玩具都花樣百出。曹覓甚至為了她讓鏡匠琢磨了兩個月，弄出個簡易版的萬花筒。

過了一會兒，她正把玩的小花球不小心脫了手，滾到外面去了。

女童連忙四肢並用地追過去，等見花球滾進了院子裡，她便扶著旁邊的廊柱站了起來。

乳母和婢子們當然也看到了，但是她們跟在小女童身旁許久，知道小女童這個時候不喜歡別人幫她，於是並不上前幫忙，只在旁邊護衛，怕她摔著。

當小女童邁著踉踉蹌蹌的步子，終於走到花球邊時，卻沒能如願拿回花球。精緻的小花球被一隻大手撿了起來。

乳母和婢女們驚詫著，剛想行禮，就被戚游用眼神示意著退了下去。

做完這些，戚游半蹲下，將花球遞到小女童面前，問道：「妳的？」

小女童愣愣地看著他。

「瑞、哥？」她偏著頭，疑惑地喚道。

曹覓確實曾與她提過「爹爹」，但是缺少「實物」，小女童其實並不是很能理解。看著眼前與戚瑞相似，但明顯放大了兩倍的陌生人，她只能想到這些。

因為心中隱有不安，解決了戎族五皇子後便秘密歸來的戚游勾了勾嘴角。

他實在沒想到，自己與小千金的第一次見面，小千金就將他認錯了。

見他一直不說話，小女童趕忙回頭尋找起自己的乳母。

可是往常跟著她寸步不離的那些人，已經按照戚游的吩咐，遠遠退開去了。

「孤立無援」的小女童不得不把目光再次放到眼前這個陌生人身上。
她拿回自己的小花球，問道：「你、是誰？」
戚游有些無奈，但還是回答道：「我是妳父親。」
小女童偏著小腦袋，根本不知道他在說什麼。
戚游也並不在意。
他光是看著女兒與曹覓如出一轍的大眼睛，就開始遺憾自己這一年的缺席。
一陣風吹過，小女童鬢角的碎髮輕輕飛舞起來。
戚游很想把她抱回屋裡去，但是他剛剛回來，甚至還沒換下身上穿了三天的衣服。他知道自己有些髒亂，也不敢碰面前精緻可愛的瓷娃娃。
「妳能自己走回去嗎？」戚游詢問道：「或者我讓乳母過來抱妳？」
這句話小女童聽懂了，轉了轉水潤潤的眼珠子。
或許是出於某些本能，從來只親近曹覓和三個哥哥的小女童，主動朝戚游張開雙臂。
「抱！」
戚游一愣，猶豫了一會兒，還是將小女童抱了起來。
小女童還從來沒有被抱起到這樣的高度，有點害怕地看了看自己腳下，隨後便死死摟住了戚游的脖子。
「我帶妳回去。」戚游道。
小女童聞言，臉從他肩膀上抬起來，隨後又用臉蹭了蹭這個陌生大人的面頰。

「哎喲……疼！」被北安王的鬍碴刺到，小女童捂著發紅的小臉叫道。

戚游卻被這軟萌的觸感激得心頭震盪，差點連路都不會走了。

他儘量側過臉，把沒有鬍碴的地方朝小女童湊過去。

「待會兒刮了便好了，這邊沒鬍子。」他溫柔地解釋了一句。

小女童便用手試探地摸了摸，隨後點了點頭。「好嘞！」

「妳知道我是誰嗎？就讓我抱妳回來？」將小女童放到屋中的暖榻上，戚游詢問道。

他小心用指腹撥開小女童額前的碎髮，因為實在不敢使勁，掃了四、五次才將將成功。

小女童四肢並用抱著自己的小花球，瞅著父親的模樣活像隻小熊。

「瑞、哥！」她又喚道。

戚游無奈地搖搖頭，嘗試哄道：「叫爹爹。」

「爹爹？」王府小娘子眼睛一亮，驀地直起了身子。

戚游原本以為自己離開了一年，女兒應該對這個稱謂很陌生——畢竟自己方才提到了「父親」這個詞，小女童壓根兒沒什麼反應。

可沒想到的是，這聲「爹爹」叫得這樣熟練，宛若他根本沒有缺席過。

他一時感慨萬千，無法言語，可小女童緊接著又喊了一聲，確認道：「爹爹？」

「嗯。」終於回過神的戚游連忙喚道。

他刮了刮小女童的小鼻子，問道：「妳娘親教妳的？」

「娘親？」小女童歪了歪頭，糾結了一會兒，似乎還是想不明白這句話的意思。

但她很快將這個問題和小花球一起拋到腦後，轉而抱住戚游豎在自己面前的手臂，溫溫軟軟又喊了聲。「爹爹！」

大概是確認了眼前人的身分，這一聲她喊得又響亮又清晰。

戚游嘴角的弧度還未來得及上揚，就見她又用小胖臉在自己手背上蹭了蹭，補充道：「我好、想你！」

有人說溫情的刃是不見血的，總能剜得人肝腸寸斷。

戚游從來沒有質疑過自己一年前的決定——離開拒戎，領兵抗擊北方戎兵，但在這一刻，看慣了邊關的風雪，從混雜著硫磺味與血腥味的硝煙中走出來的父親，開始思考自己征途的意義。

與此同時，他也慶幸，還好一年前的小姑娘還是個躺在襁褓中，一天到晚只知道吃與睡的小嬰兒。

如果她那時候就這般大，會抱怨父親刺人的鬍碴，會摟住父親的手臂訴說想念，會用哭鬧央求他不要離開，那麼一年前，他可能不會走得那般順利。

戚游的喉結劇烈地滾了一下，嚥下所有的酸澀，露出笑容道：「嗯，我也很想你們。」

儘管他反應很快，在女兒面前掩飾了情緒，但眼角還是控制不住濕潤了一點。

小女童敏銳地察覺到這一點，居然將戚游的手舉高到自己手邊，嘟著嘴開始吹氣。「呼呼，不疼不疼，不疼不疼。」

之前她學爬行和走路，免不了要跌撞，疼得齜牙咧嘴，眼含熱淚。那時候，曹覓就是這麼安慰她的。

可小女童並不知道自己的百般示好才是擊潰北安王的利器。

戚游突然伸手一攬，將她按入了自己懷中。

小女童還輕拍著爹爹的後背，口中唸叨著「不疼不疼」，而在她看不到的地方，戚游要咬緊牙關，才能稍微平復自己激盪的心緒。

等到黃昏，曹覓帶著戚然回來時，就看到小女兒趴在一個昏睡男子的胸口。

她微微發愣，往前走了幾步，看清男子的容貌，確認他就是戚游之後，才驚喜交加地捂住了自己的胸口。

小女童趴在自家爹爹身上，百無聊賴地踢著腿玩，見曹覓回來，似乎想開口叫她。

但是曹覓眼疾手快地比了一個「噓」的手勢，示意她不要出聲。

她輕手輕腳地走過去，拿開旁邊散落的幾個玩具，沒有發出半點動靜，坐在了暖榻邊。

依稀的暉光中，已經洗漱過的北安王還是一年前離開時的俊朗模樣，眼角青黑的疲憊痕跡掩不住他的英氣逼人，散落的青絲鋪滿榻間，沒有半點雜色。

曹覓盯著他的眉眼看了一小會兒，怕自己會驚醒他，轉而將心思放到他的髮絲上，輕輕地梳理起來。

小女童也伸長脖子，顯然是被引起了興趣。

曹覓便把髮絲分出一束予她，母女倆一梳一抓，玩得開心。

難得夕陽也不捨這溫馨的景象，這個黃昏時刻被拉得極為悠長。

等曹覓整隻手連同其間把玩的髮絲都被另一隻大手攥住時，她抬眼一瞧，才發現榻上人已經醒來。

「好玩嗎？」戚游問道。

他的聲音中有慵懶與笑意，卻尋不到困乏。回到妻女身邊比這黃昏前的一段小眠，更令他舒暢清明。

「好玩。」曹覓故意道：「你回來了，我現在看什麼都覺得十足有趣味。」

戚游便低聲笑開。

他實在忍不住，直起身子將還賴在自己胸口的小女童抱回到榻上，起身緊緊擁住了曹覓。

剛回到內城就被叫過來的戚瑞、戚安兩兄弟，連同本就識相待在一邊的戚然都挺直了身子，不敢發出半點聲響，生怕驚擾父母相聚的場面。

但是另一位「頗不識相」的小可愛卻惱了。

被戚游放到了榻上，她便搖擺著兩條小胖腿噔噔噔走到榻邊，扶著戚游的腰軟軟喚道：「爹爹！」

等父親的注意被喚回，將目光投注在自己身上時，她便張開雙臂，理直氣壯地吩咐道：「抱！」

曹覓看得好笑。「妳先等等，爹爹先抱娘親好不好？」

「爹爹」一詞就是她教給女兒的，所以她絲毫不意外女兒會這樣喊。

小女童卻擰著眉思考了一瞬，又申辯道：「爹爹，要，抱我的！」

似乎為了增強這句話，她自己邊說，還邊重重地點了一下頭。

戚瑞幾個孩子大了，曹覓便少與他們摟摟抱抱了，小女童對於自家娘親居然還要與自己「搶抱抱」這種事情，根本無法認同。

感覺到自家夫君有鬆開自己的勢態，北安王妃連忙環緊雙臂，阻止他離去。

她把頭埋進戚游懷中，理直氣壯道：「這是我的夫君，明明該要抱我才對。」

聽到她這番話，本想對小女童妥協的北安王笑了笑，果然又把手搭回了她的腰間。

小女童還口齒不清，根本講不過曹覓。

她急得跺了兩下腳，便直接用手嘗試著分開兩人。邊用力，她還邊喚道：「爹爹！爹爹！」

門邊的戚瑞見狀，踟躕一會兒，還是三步併作兩步上前將小女童抱到了自己懷裡。「別鬧，哥哥抱妳好不好？」

曹覓沈浸在與戚游團聚的喜悅中，完全忘記了三個孩子。

她見戚瑞後往門邊一看，才看到三個男孩整整齊齊都在屋中，這才感到不好意思的北安王妃連忙鬆開懷中人，退開兩步，端莊站好。「你們……都回來了啊？」

戚安施施然補了一刀。「回來很久了，娘親只看到父親，都沒發現我們。」

曹覓尷尬地扯出一個笑顏，權當啥都沒聽到。

另一邊，小女童待在自家大哥懷裡，好生比對了一下「爹爹」和「瑞哥」的區別，隨即還是朝戚游伸出手臂。

等回到戚游懷中，她才一本正經地與自家大哥解釋道：「爹爹，高！」

第一次被人嫌棄身高的戚瑞身子一僵，沈著臉捏了捏她的手掌。

小女童感受到他的心情，努力在戚游的配合下壓低身子，淺淺親在戚瑞面上。

北安王府從來端方知禮的長公子便轉陰為晴，眉梢又重新飛揚起來。

曹覓吁了一口氣，說道：「好了，我們先過去用膳吧。」她看了戚游一眼。「這麼急著趕回來，路上沒吃好吧？」

戚游還未回應，小女童便舉高雙臂，高呼了聲。「好嘞！」

抓住小女童的手，戚游對著曹覓點頭道：「嗯，先過去吧。」說完，他當先邁開步子，抱著小女童往膳廳走。

王府小娘子有幸被帶著一起感受這種走路帶風的颯然感，一路都緊緊摟住自家爹爹的脖子傻樂。

入夜，將小姑娘哄睡著後，北安王夫婦才有時間說說話。

為了彌補這一年的缺席，也為了與女兒親近，這一天，戚游都儘量地陪在她身邊。

曹覓也明白戚游的用意，兩人合起來逗得小姑娘笑了一晚上。

等回到房中，體己的話沒說上兩句，她便有些擔憂地問道：「你這次回來是避著其他人的？連我都沒提前收到消息。」

「嗯。」戚游解釋道：「將戎族五皇子斬首的第二天，我便帶著人回程了。震戎和懾戎已經是囊中之物，雷厲留在那邊足以應付。」

曹覓點了點頭，可神情並沒有絲毫放鬆。「是收到什麼緊急消息了嗎？」

戚游無奈地笑了笑。「本來不想說出來讓妳煩心的，但還是瞞不過妳。」他輕吐出一口氣，道：「皇上宣了姚安王進京，主持大局。」

「姚安王？」突然出現一個陌生人名，曹覓有些反應不過來。

「姚安王在南邊，妳不知道很正常。」戚游道：「但有一件事妳肯定知道，如今各地叛亂頻起，無奈朝廷守軍無力，根本無法鎮壓。」

曹覓點了點頭。這一年，她在拒戎城中時常收到關於叛亂的消息，當初也是原本留在昌嶺的陳賀直接領軍駐紮南面，這才沒有讓叛軍入遼。

「皇上眼看著守軍無能，情急之下便想了個法子，讓屯兵西南的姚安王祝炎進京，守衛京城並總領討叛事宜。」戚游繼續道。

曹覓觀察他的神色。「能讓你這麼急著趕回來，看來……那個祝炎不是什麼簡單人物。」

「對。」戚游沒有隱瞞。「我與他倒是不熟，但是雷厲的親族與他打過交道，直言祝家不是什麼好相與的。他們長期與西南夷打交道，很多禮制和倫理觀念都淡化了。我怕耽擱久了會有什麼變故，這才急著想要回來看看。」

曹覓聞言便道：「既然如此，你上心一些也沒錯。」可說完這句，又有點發愁。「可他如今深得皇帝信任，又被委以重任，你要怎麼辦？」

「怎麼辦？」戚游鬆了鬆領子，嘆了一口氣後回答道：「其實這些都不重要，我現在有最為緊要的一件事要先做。」

曹覓以為他又看到了自己沒有察覺到的暗湧，湊上前詢問道：「什麼事？需要我這邊幫忙安排嗎？」

「那是當然。」戚游點點頭。

在曹覓嚴陣以待的目光中，他回身將人抱起。「王妃要不幫我想想，怎麼讓本王的王妃在這種夜深人靜的時刻，不要再提起旁的男人？」

曹覓一愣。

事情很順利，戚游說完這句話後，直到第二日午時，北安王妃都沒精力思考除了他以外的人事。

第八十二章

戚游這次回來，準備休整幾天後便直接進京。一來，塞外五城收復，他必須上京述職；二來，祝炎入京讓他隱隱感到一絲憂慮，在知道祝家野心不小之後，他不能放任祝炎威脅皇權。

將計劃布置下去之後，他給自己放了一天假，回到內城親自帶著自家的小千金玩耍。

等到小千金玩累了，他便將她抱到書房中。

往日裡，怕小女童毀壞文書，曹覓是禁止她進入這個地方的，這一次戚游直接把她抱進來，小女童還有些奇怪。

她窩在戚游懷中，不自在地喚了一句。「爹爹？」

戚游的視線轉到她身上，滿目都盛著溫情。

他將小女童轉到自己左臂，另一邊單手取水研墨。

「去歲離開之前，本來想為妳取一個名字，但是被妳娘親拒絕了。她說要等我回來再說，因為心中存著一個念想，才更眷戀生命，眷戀歸途。」

戚游說著，腦中控制不住地出現曹覓的身影。

他嘴角弧度越發上揚，甚至抑制不住，直接笑了出來。「她總是有這些奇奇怪怪的想法，對吧？」

小女童不明白他的意思，但察覺到氣氛有些正式，愣愣地不敢說話。
於是北安王停頓了一息，終於說了句她能聽懂的。「爹爹又要走了……爹爹不是個好爹爹。」

小女童一愣，隨即委屈地圈住他的脖子，大喊一聲。「不要！」

戚游努力讓自己忽略那句話。

「這一次可不能再拖了，妳該有個名字，而不是總被他們『妹妹、妹妹』地叫著。」

小女童從他懷裡抬起頭來。就這麼一會兒，她的眼角已經掛上兩顆眼淚了。

看著爹爹，她偏頭，疑惑地發出一聲。「嗯？」

戚游磨好墨汁，取了狼毫，蘸墨提筆。隨即，他在紙箋上寫下龍飛鳳舞兩個大字——戚昕。

「戚昕。」他看向懷中的女童。「昕，朝陽將升之意，音又通『新』，寓意美好開始，未來可期。妳的到來是爹娘衷心的期盼，妳的成長，將見證一場銘刻於山河的歷史。以後這個字，便作為妳的名字了……喜歡嗎？」

當晚，曹覓也知道了他要赴京的消息。

她早明白戚游位高權重，身上有太多擔子，但過了這麼久，還是有些難以習慣自己丈夫長時間不在身旁。

但尊貴的王妃可不能像家中才一歲的小千金一樣，扒拉著男人的衣角哭得涕泗橫流。

她面上還是鎮定，甚至有心思幫著戚游收拾了兩件衣服。
戚游坐在燈下，就見她兀自忙碌了好一陣，就是不願意坐到自己跟前。
他張了張嘴，有很多話想說，但似乎又不需要說。
終於，他開口道：「這一次……順利的話，解決祝炎應當用不了多久，我就能回來了。戎族的事情已了，到時候，我跟皇上討個恩典，我們一家回北安去住。遼州的水土不養人，回到北安，你們都能好好休養。」
曹覓垂著眸子，不回應。
她把戚游這幾句話在心間琢磨了幾遍，終於問道：「如果……不順利呢？」
戚游的拳頭在她看不到的地方攥起。
「不會的。祝炎入中原才多久，他沒有時間經營太多，根基極淺，無法敵我。」
「可是他背後有皇上。」曹覓朝他看了過去，深吸了一口氣，問道：「戚游，我就問你，不管皇帝是真心要為難你還是被蠱惑，如果你到了京城，他們要你卸甲就縛，甚至當場就要提你的人頭去殿上，你要怎麼辦？」
曹覓看過的書中記載，戚游就是死在朝廷手中。
如今他收回塞北五城，聲名正旺，加之手中握著重兵，老皇帝以及他以前所有的政敵，對他的忌憚都必定升到了頂峰。
此次進京，戚游幾乎是將自己送到了朝廷手中，曹覓害怕悲劇到頭來還是要上演，他終究還是要死在那些小人手中。

「哪裡就到了這個地步？」什麼都不知道的戚游看著曹覓，無奈地搖搖頭。

「是，我一個婦道人家不懂朝堂之事，說的話可能令你啼笑。」曹覓氣極，直接將一件收拾到一半的披風丟開，怒道：「可我就問問你，歷朝歷代到了動盪之時，發生的事情哪一件遵循禮儀法度？又有哪一件不是駭人聽聞？」

戚游連忙上前，將她擁入懷中。他輕拍著曹覓的後背，安撫道：「我知道妳心中憂慮。此去若是順利，一切都好說；若是不順利，我也不至於愚忠待斃。妳放心吧，最差的結果不過是回到遼州，據地而守。真要到這地步，我也不會心慈手軟。」

曹覓透過眼中濛濛的淚光，看了他許久。

半晌，她點了點頭。「嗯。」

平靜下來後，她往屋中一個帶鎖的盒子中取出一個錦囊。

戚游有些詫異。「這是什麼？」

曹覓有些不好意思地別開臉，解釋道：「這錦囊裡面藏著我寫的一張字條……我想了許久，你把它帶上，如果此去真的遇到難以抉擇的生死問題，可以將它拆開察看。」

這種橋段，曹覓只在古裝劇中見過，但是這個時代本就是古代，戚游這些人似乎也挺吃這一套的。所以她才仿效，搞出了這麼個東西。

戚游了然地點點頭，將東西接過。

當著曹覓的面，他將錦囊送入懷中，貼身藏好。「王妃放心，本王一定好生保管這東西。」

見他態度認真，曹覓才鬆了一口氣。

兩日後，戚游領兵往京城出發。

但計劃並沒有他想像中那般順利，他帶領的人還未到康城，就收到戚一從京中傳來的消息。看到戚一查出來的蛛絲馬跡之後，戚游冷笑一聲，停下了急行軍。

他帶人改道，回到康城的王府住下來，不再往南，反而著手處理起城中的各項事務，將之前遺留下來的遼州內務都解決了一遍。

接著，他又等了兩天，果然等來了戚一信中說的，朝廷的傳令隊伍。

領頭的人是個生面孔，但他一開口，戚游就從他的口音分辨出來——他是西南邊的人。

很顯然，這是祝炎的手下。

他對北安王居然會出現在康城也十足驚訝，但這反而方便了他辦事。

眾人按著禮制，聲勢浩大地擺出象徵天子威嚴的架勢。

戚游著王服、戴冠冕、配印璽，當著所有人的面屈膝下跪。

案臺上，青煙裊裊而上，四下靜默得連風都不見了蹤跡。

聲音尖細的太監捏著嗓子宣了旨，聖旨上字字珠璣，直指北安王勾結戎族王庭，謊報戰況。

欲加之罪，何患無辭？

傳旨人字正腔圓，好像只要把那些文字唸得大聲，誣衊就能成為證據，將北安王牢牢壓死。

聖旨宣完，太監旁邊的侍從適時端上一樽毒酒，這是聖上看在血親的面子上，給北安王的尊嚴。

死刑需要立即執行，但是行刑地點卻從露天轉移到了室內。

太監們按照本朝賜死皇親的規矩，將北安王和鴆酒單獨留在屋中，帶著人將四周牢牢把守起來。

王府內外一片靜默，管家配合著朝廷來人的安排，將王府侍衛和下人都帶到了院外，並關上院門。

此時，朝廷來使代表的是至高無上的君王，而他們，是罪臣之僕。

屋中，戚游一動不動，沈默地看著那杯毒酒。

守在窗邊的太監能看到他的動靜，只要北安王不飲酒，他們就會每隔一段時間吟唱一曲特殊的歌謠，意在催促。

一刻鐘過去，戚游終於有了動作。

他伸手入懷中，將曹覓臨走前送他的那個錦囊取了出來。

打開錦囊之前，戚游停頓了一下。

說起來，現在這個情況於他而言，其實遠不到難以抉擇的生死問題這程度。

賜死的命令比他想像中來得更快、更直接，但並非完全超出預料——他心中，其實早有答案。

但思索一陣，戚游還是決定按照心意，繼續解開錦囊。

他無比肯定，在這個時候，他強烈渴望得到王妃的陪伴與支持。

他忽略耳邊越來越急的催促歌謠，施施然打開了紙條。

紙條上寥寥幾語，他一眼就看完了。

呆愣了片刻，戚游回過神來，取來屋中的火摺子，將紙條點燃。

戚游沒有再猶豫，他來到桌邊，端起那杯鴆酒。

房屋外幾十雙眼睛都緊張地盯了過來，就等著他全了最後的體面。

但北安王輕笑一聲，抬手一揚，直接將酒樽擲到牆上。

「砰」的一聲，不僅是酒樽落地，亦是屋外祝炎下屬闖進來時發出的聲響。

「北安王，你這是什麼意思？」他瞪著眼，指著灑了一地的鴆酒。「你這是想要抗旨嗎？」

但他根本沒時間等待戚游的回應，說完這句話，原本等在院外的管家已經帶著親兵們衝了進來。

戚六當先破窗而入，不用戚游動手，死死壓制住了這個膽敢冒犯主子的來使。

不過小半盞茶的功夫，情況已經被控制住。

管家送來一條乾淨的濕帕子。「王爺。」

戚游將帕子接過，擦了擦自己方才被鴆酒灑上的幾根手指。

他舉步向外，管家亦緊隨在後，邊跟隨邊彙報。「朝廷來使一行五十二人，王府已經全部緝拿。屬下會派人加緊拷問，找出誣蠛——」

「不用了。」戚游將帕子還回管家手中，淡淡吩咐道：「直接都殺了吧。」

管家一愣，正想再問清楚，卻見戚游擺了擺手，他便不再踟躕，退了下去。

戚游繼續往前，無意間踩折了地上一段枯枝。

但他絲毫沒有受到影響，繼續穩步向前，一邊在腦海中回憶著那張紙條上的話，一邊喃喃道：「瑞兒有真龍命格？」

寫下紙條的王妃並不在此處，無人能回答他這個問題。

北安王勾了勾唇角，突然又自問道：「那……本王呢？」

那日黃昏，遼州今冬第一場雪終於沒再延期，循著節氣如約而至。

紛紛揚揚的鵝毛落了一夜，沒能遮蓋住王府中的血紅。

趁著雪未封路，戚游傳信去了拒戎，將曹覓和四個孩子接了過來。

之前他一直盯著戎族的事情，加上朝廷派的人在康城虎視眈眈，這才一直沒讓曹覓幾人回來。

如今遼州暗藏的釘子已經被他親自肅清過一遍，戎族的事也告一段落，戚游自然不忍妻兒還留在拒戎受苦。

曹覓在拒戎，其實斷斷續續一直收到康城這邊的消息，知道戚游無礙。

但是當她掀開車簾，看到與離開前一般無二的北安王，還是抑制不住內心的慶幸與喜悅。

比她更急切的是又長高一些的王府小千金，被母親擋在車廂內，什麼都沒看到就「爹爹、爹爹」地直喚。

戚游將母女倆接下車，轉身又帶上三個男孩，一同步入王府。

管家和戚六帶著留在康城的僕役在沿途行禮。

戚安長長嘆一口氣。「唉，終於回來了！」

「我還以為你更喜歡拒戎。」曹覓笑道：「你也盼望著回來嗎？」

戚安點點頭，直白地說出自己的想法。「拒戎那邊，戎族都被父親趕跑了，現在雷厲叔叔在懾戎那邊忙活，都在準備通商的事情，一點都不好玩。」說完，他抬頭詢問自家父親。「父親，我們回到康城，您是不是就要去平叛了？」

戚游還未回答，戚瑞便看他一眼，道：「平什麼叛？閔州那群叛軍已經快被陳賀將軍拿下了。父親就算現在過去，也趕不上了。」

「啊？拿下了嗎？」戚安擰著眉思索，又轉而問道：「那別的州府呢？除了閔州，總會有別的地方吧？」

戚游這時候才笑了笑，道：「嗯，別的地方也有叛亂。」

「嗯！」戚安重重點了一下頭，眼睛發亮地看著戚游。「叛亂在何處？父親還要出發平叛嗎？我和大哥現在馬兒已經騎得很好了，這一次，能不能帶我們一起去？」

戚游揉了揉他的髮頂，邊走邊回答道：「叛亂在錦州。」

「錦州？」這話一出，不僅戚安，就連後面的曹覓和戚瑞也一起愣住了。

戚瑞抿了抿唇，實在忍不住，問道：「不是說姚安王祝炎已經帶兵入京？京城就在錦州，錦州的叛亂應該是最先被平定的才對啊……難道這段時間，錦州又起亂象？」

戚游點了點頭。

戚安則是嘖嘖稱奇。他左右看了看，見自己一眾如今位於王府後院，左右也都是對北安王忠心耿耿的親兵，便大著膽子詢問道：「什麼人這樣厲害？居然敢在京師附近作亂？還要驚動父親過去鎮壓？」

京城就在錦州之內，戚安以為叛亂起於京城之外。

戚游卻搖了搖頭。

閒談間，他們已經來到主院門前。

戚游抱著戚昕當先跨過門檻，在等待曹覓等人跟上的過程中，淡淡道出了一個名字。

「祝炎。」

戚瑞最先反應過來，詫異地看向戚游。

戚游卻笑了笑，不再多言，只道：「走吧，你們舟車勞頓，院中已經備下熱水糕點，先歇一歇。」

根本不關心他們方才討論內容的戚然聞言，笑著歡呼了一聲。「太好了！謝謝父親！」

在他單純滿足的笑聲之下，戚瑞等人也暫時將此事拋在腦後，自行下去打理。

那之後，一連整個冬天，戚游都沒有離開康城。

但這不代表他不忙碌。每日裡，天南地北傳來的信件都在他的書案上堆成厚厚一疊。

曹覓曾打聽過如今的情況，戚游只道事情還在掌握之中，現在待在康城，不過是因為時機未到。

「那京城那邊呢？」她想了想，又問：「我聽說之前的朝廷來使，都被你處理掉了。朝廷那邊如今是什麼反應？」

「沒有反應。」戚游道：「當初那聖旨誣衊我與戎族勾結，但我很快將證據送到京城，戚一他們早有準備，稍一運作，便直接為我平反了。」

「所以……」曹覓有些釐不清。

戚游看她一眼，嘆了口氣上前，將她的手握住。「不要擔心，我的人正在密切注意錦州的動靜，如果有什麼事情，我會第一時間發現的。」

「嗯。」曹覓理解地頷首。她想了想，鬧著玩笑道：「如果真出了什麼事情，你一定是第一時間離開。看來我就不該問，全副心思珍惜你如今留在身邊的時光便好了。」

她說著，主動投入面前人的懷中。

戚游欣然接受，同時道：「事情，總歸能有結果的。按照我的預料，我們最多再忍受幾年的分離，就能如戲文上所言，一直長相廝守了。」

「幾年……」曹覓喃喃道。

她看著窗外飄落的雪花，努力將自己的顧慮也掩蓋於一片純白之下。

很快，年歲輪轉，王府迎來另一個新歲。

但是正月還未過，遼州便收到消息——皇帝駕崩了。

這不是最令人驚奇的，老皇帝駕崩後第三天，祝炎當場拿出遺旨，表明先皇並沒有將皇位傳給任何一位皇子，而是傳給了自己。

隨後，他斬殺了京城所有的皇子和不服他的臣子，舉辦登基大典，自己做了皇帝。

一時之間，舉國譁然。

本就叛亂四起的天下這下子更亂了，不服祝炎繼位，揭竿而起、自立為王者大有人在。

戚游在康城的王府中攤開了一張詳盡的地圖，他的身後，站著雷厲、陳賀、戚三等人，無數忠心的追隨者。

亂世，正式拉開了序幕。

第八十三章

戰火燎原，烽煙在盛朝大地上燃燒了整整四年。

但灰燼深埋於泥土中，又在春雨過境時，開出比往年更加鮮豔的繁花。

當曹覓被人攙扶著下馬車時，就見自家兩個年少有為的孩子身披甲冑，齊齊單膝跪地向她行禮。

當初戚游開始收復各州府的時候，就將兩個孩子一同帶上了。

四年過去，如今兩個身量高了許多的翩翩少年，是戚游麾下正經的將官。

曹覓上前將戚瑞和戚安扶起，笑著抱怨道：「弄這些虛禮做什麼？」

「娘親可要適應了。」戚安朝她眨了下右眼。「往後娘親成了皇后，各種三跪九叩的禮可少不了。」

曹覓抬手，作勢要打他，戚安便嬉笑著跑到馬車另一頭去。

沒了他的阻擋，巍峨的皇城就這樣直直佇立於曹覓面前。從外表上看，這座古城與幾年前，北安王就封、舉家離開之時，並無太大差別。

半個多月前，戚游領兵包圍皇城，自知抵抗無望的祝炎乾脆安排好自己的後事，隨即於城中自盡，他的子孫依照他留下的命令，主動開門投降。

至此，這場席捲了盛朝大部分州府的戰爭終於宣告結束。

消息傳到後方，曹覓才帶著另外兩個孩子趕赴而來。

另一邊，戚安已經將戚然和戚昕接下馬車。

戚昕如今已經五歲，一雙又黑又圓的眼睛骨碌碌地盯著面前的兩個哥哥。

她似乎確認了一會兒，這才張開手臂歡呼道：「大哥、二哥！」

幾個孩子上次團聚還是一年前，戚游特別安排戚瑞和戚安往後方運送一批糧草，當時兩人根本沒待幾天，就跟著糧草車又離開了。

戚瑞將她抱在懷中，掂了掂，隨即感慨道：「昕兒長大許多。」

戚昕便開心在他懷中蹭了蹭。「大哥也高了。」她捧著戚瑞的臉又道：「長得越來越像父親了。」

「是嗎？」戚瑞笑了笑，有些面紅道：「這些年裡，父親也有了變化，大哥還趕不上……」

幾人簡單寒暄兩句，便不再逗留。

曹覓帶著兩個孩子重新返回馬車，戚瑞和戚安則騎馬在前引路。

他們在路上花費的這段時間，戚游的人已經將宮中收拾出來，所以曹覓一進入皇宮，就被請進了皇后的正殿中。

她撫著殿中刷著紅漆的柱子，霎時有些不真實感。

東籬已經讓婢女們去收拾東西，過來請她去洗漱。

曹覓便暫時收了所有的心思，帶著女兒去沐浴更衣。

她原本以為，晚膳時分就能見到自己心心念念的夫君，但事實上，黃昏降臨時，下人們將精緻的菜餚端上來，留下來與她一起用膳的只有四個孩子。

膳桌上的氣氛並不因戚游的缺席而冷淡。

久未相見的四個孩子有許多話要說，戚瑞和戚安一左一右坐在曹覓周圍，侃侃而談這幾年中的功績。曹覓知道兩人正是需要肯定的時候，全程聽得認真，也恰好地給予回應。

談話間隙，她還是忍不住，狀若不經意地詢問道：「你們父親呢？」

「父親很忙！」戚安回答道。

他喝下一口湯潤了潤嗓子，詳細道：「進駐京師只有一月，要做的事情還有很多。不僅父親，就連我和大哥其實也有許多事要處理。晚膳吃完後，我們也無法多留，得出去巡邏。」

曹覓便半是無奈、半是欣慰地點點頭，握著戚安的手囑咐道：「職務要緊，但是你們也莫忽略了休息。要記得勞逸結合，才能有充足的精力。」

戚瑞與戚安點點頭，道：「娘親放心。」

年紀大一些的戚瑞似乎看出什麼，又補充道：「父親如今確實很忙，所以無法抽身過來陪娘親用膳。但過了這一陣便好了，等登基大典舉行完畢，父親正式登臨龍位，父親娘親便能如以往一般。」

曹覓知道他此言是在安慰自己，雖然心中反駁了一句「哪有那麼容易」，但面上還是掛上了笑意，頷首回應道：「嗯，好的。」

很快，晚膳過後，戚瑞和戚安便相攜著離開。
戚然和戚昕陪她說了一會兒話，也被婢女們帶了下去。
曹覓洗過臉，自己一個人躺進金貴卻陌生無比的鳳床之上。
不知道為什麼，這半個月在路途中，她偶爾睏倦，在顛簸的馬車上都能睡著，可如今明明入了京師，睡在安穩的新褥之中，卻半點沒有睡意。
月上中天時，愣愣望著床帳的曹覓突然聽到外頭發出一些聲響。
她掀帳望去，卻見一身便服的戚游正輕手輕腳地往床邊走來。
兩人相見，俱是一愣。
「妳怎麼還未睡下？」最後，還是戚游先反應過來。
曹覓驀地一陣委屈。
她這時候才明白，自己心中是有氣的——儘管知道某些念頭完全是無理取鬧，但她仍舊為他沒有第一時間來見自己而鬱悶。
「我若睡了，怎能抓到你這個半夜出沒的人？」她故意道。
戚游幾步來到床邊，坐到床沿上。他握著曹覓的手，小聲道：「本王不是故意的。確實是忙到這時候才準備歇下，本來不想回來驚擾妳的，實在忍不住了，才悄悄回來。本想看上幾眼就離開，沒想到還是吵醒妳了。」
上一次兩人這樣抵首輕語，已經是兩年多以前的事了。
曹覓鼻酸的同時，驚惶的內心莫名地平息下來。

見她一直不說話，戚游便問道：「怎麼，在想什麼？」

曹覓深吸了好幾口氣，勉強用帶著哭腔的聲音道：「在想……王爺還是不是王爺了。」

這些年，兩人就匆匆見了幾面，曹覓只能從別人的口中聽聞他的消息，令她對著如今的戚游，升起些許的陌生感。

四年過去，她不知道自己的心上人是否已經出現什麼她不知道的變化。

戚游笑了笑，問道：「可是聽到了什麼傳言？」不等曹覓回應，他徑直解釋道：「那幾個世家確實有向我獻女的行動，但都被我直言拒了，這些事妳難道不清楚？」

之前他在攻伐一些勢力的時候，遇到過不少這樣的情況。畢竟戰爭到了後期，明眼人都能看得出天下局勢，不僅是戚游，就連與他一起征戰天下的戚瑞和戚安都沒少被有心人覬覦。

「我哪裡是擔憂這些?!」曹覓咬了咬牙，憤然抹了眼淚。「你的軍隊過境，之後整頓民生、恢復建設的事情可都是我一人在打理。娶一個新婦確實能輕鬆換來幾座城池，但你要丟失的可是後方全部的支援！」

說著，她扯出一抹得意的笑顏。「這兩者，孰輕孰重，我覺得英明神武的北安王還是能分得清的。」

明明是帶了點威脅的話，卻令戚游成功地笑了出來。

他笑得暢快，以至於鬆了渾身力道，甚至微微壓到了曹覓肩上。

笑過之後，他在曹覓耳邊道：「這就是為什麼我從來不停留，僅用三、四年就取得了天下的原因。」

曹覓只感覺他輕淺的呼吸劃過頸畔，低沈的聲音訴說著令自己心顫的情話。

「因為我一直知道，妳就在我身後。所以我不必回頭看，也不必懼怕往前。」

曹覓的心一下子就軟了。

戚游看似沒有回答她的問題，但是她已經得到了答案。

問題解決，原本有些微劍拔弩張的氛圍消失，床帳間曖昧叢生。

戚游的唇蹭過她的下巴，喃喃道：「太晚了，妳累嗎？」

曹覓深吸一口氣，第一次翻身主動把他壓到了身下。

「我明日可是可以稱病睡上一天的，王爺……你累嗎？」

戚游眼神一亮，笑道：「不累。」

這之後，王妃因舟車勞頓，整整歇了五天有餘。

到了第六天，當戚游終於暫時解決完重要事情，抽了個空回來後宮與他們一同用午膳時，戚昕直接扒在他身上不下來了。

但她剛待在父親懷裡沒多久，就出聲叫來戚瑞抱過自己。

坐在戚瑞懷中，小女童轉頭對戚游道：「父親，你抱一抱娘親吧！雖然娘親不說，但我知道娘親可想念你了，我先把你讓給她一會兒！」

夜夜與自家王爺相會於床帳間的王妃頓了頓，面上的表情都僵住了。

反而是戚游面上沒有異色，頂著曹覓有些嫌棄的目光挨到她身邊。

要不是四個孩子都在，曹覓真的想讓這頭禽獸離自己遠一點。

「登基大典和封后大典都定下來了，就在下個月。」戚游開口道：「本王近來空閒，終於有時間好好陪伴王妃了。」

戚然和戚昕捧場地歡呼了一聲。

曹覓卻暗暗翻了個白眼，咳了咳，問道：「那瑞兒和安兒呢？」

戚游又道：「他們這幾年與我南征北戰，雖然武力和見識長了不少，但課業卻落下了。」他轉頭看向自家兩個兒子，道：「登基大典之後，你們也去了官職吧。與然兒一起，跟著林以和周雪幾個太傅把該學的東西都補上來。」

正難得開心的戚安嘴角一撇，與身旁的戚瑞交換了一個眼神，但隨即還是認命道：「謹遵父親教誨。」

就說了這一陣話，戚昕又不安分地掙扎起來。

她對著戚游和曹覓道：「父親，時間已經到了，你來抱我！」

戚游故意牽起曹覓的手。「可是妳娘親還需——」

「快去！」曹覓怒而掙開他的手，打斷他的話。

戚游無奈地搖搖頭，妥協地將自家小千金接回了懷裡。

曹覓為掩飾嘴邊的笑意，轉過頭，將目光投向窗外的清朗蒼穹。

延嘉元年，新帝登基，改國號為新盛。

延嘉帝后感情甚篤，相伴終生，不僅攜手開創出遠超前人的繁華盛世，更奠定了堅實的科技基礎與教育制度，成為對後世影響最大的朝代之一。

某些無法考證的事實泯滅於歷史塵埃之中，卻留下淺淡餘香，綿延萬年。

番外一

羅軻有許多機會可以離開草原。

那年，佐以親王帶著他的人撤回王庭。他對所有部落宣告，五皇子與盛朝人勾結，將南邊的震戎城和懾戎城送了出去；而他頂著滿腔怒火，與五皇子和盛朝軍隊打了一場，在狠狠撕下五皇子一塊肉之後，帶著人回來守衛草原。

這種拙劣的謊言當然遭遇質疑，但也已經不重要了。

整合了從五皇子那裡奪來的幾萬戰俘，如今的佐以足以傲視草原，不將任何反對的人放在眼裡。

那段時間，戚游留在王庭的暗探開始頻繁與羅軻聯絡——邊關五城已經收復，她該準備離開的事宜。

按照暗探統領的想法，羅軻要離開，最好設計一場完美的假死，否則準可汗的盛女美妾無故失蹤，難保準可汗不會懷疑什麼。

但他們催促了好幾次，羅軻都一再藉故拖延。

這一拖延，便一直拖到佐以拜為可汗，羅軻的肚子也顯懷的時候。

羅軻懷孕了。

已經成為可汗的佐以非常高興，因為整合了五皇子的勢力，再不用顧忌自己原配身後的勢力，他直接壓下了所有反對聲音，將羅軻升為可敦。

塞外不比中原，皇后只能有一個，只要可汗願意，可以同時封下幾位可敦。

羅軻晉升為可敦的慶典結束後，戚游留在王庭的暗探統領終於親自找了過來。

「妳不打算離開了？」這位暗探統領有著典型的戎族面孔，但是出口的盛朝話卻十分標準。

彼時，羅軻正坐在帳中，望著西方的落日。

她沈默了好一會兒，才道：「是。你給王爺去信吧，把這裡的情況都說清楚。」

暗探統領根本無法理解。

他抿了抿唇，看著羅軻的目光開始有些忌憚。「如今收復失地一事已成，王庭也沒有需要時刻監視的訊息。妳留下來，究竟想要做什麼呢？」

羅軻的目光更加幽深，但出口的話卻十分迷茫。「我也不知道。」她頓了頓，又道：「或許，我不是不想離開，只是不想……不想去盛朝罷了。」

說起自己心中那個地方，甚至沒有用「回」這個字眼。

真要論起來，其實羅軻從小到大，還未離開過戎族。

她的父母是被戎族俘虜的普通奴隸，戎族會默許這些奴隸繁衍，因為在沒有戰爭的時候，作為消耗品的奴隸會日漸減少。

羅軻的父母長得平凡，她的長相也不算出眾，但是從小生活在需要討好告饒才能少挨打的環境中，早早練出了一副善於示弱的模樣。

等到她長成，很幸運獲得一位戎族將官的喜愛，她開始運用自己一點微不足道的力量，保護這群從小與自己一同長大的奴隸。

後來，戚游將那些奴隸們都帶走了，羅軻也隨佐以深入草原。

每每在暗夜中朝南方張望時，她越發琢磨不透自己的心思。

她不知道，這是一種近鄉情怯，但這不妨礙她每每聽到要離開的安排時，都開口拒絕。

見暗探統領直直立在一旁不說話，羅軻便笑了笑。

她還是那副模樣，一笑起來，即使沒有調戲的意思，也顯露出三分勾人的媚態。

「怎麼？怕我愛上佐以，背叛你們王爺？」

暗探統領並不說話，面上的表情越發嚴肅。

他確實在擔心這個。他摸不透羅軻的心思，但深深記得羅軻了解他們所有暗探的身分與活動。如果她真有那個心思，他和他手下所有人性命堪憂。

羅軻便摸了摸肚子。「唉，可憐見的，我現在懷著身子呢。從王庭到遼州，你可知有多遠？再說馬上就落雪了，路上跋涉更是艱辛，你就忍心見我一個弱女子受罪，到最後落得個一屍兩命的下場？」

暗探統領還是讓了一步。

「我會如妳所說，將這裡的事詳細送回遼州，讓王爺定奪。」他僵硬著道：「妳這段時間……安生些吧。」

羅軻不置可否，笑著目送他匆匆離去。

幾個月後，暗探統領收到回信，信中只有短短一句話，囑咐他們都聽羅軻的安排，但為自己留下撤退的後路。

暗探統領沈思了許久，隨手將密信燒了。

從此，羅軻便像是沒了束縛，徹底沈浸在自己尊貴的可敦生活中。

次年初夏，她誕下一子，可汗大喜。

在戎族可敦怨恨的目光下，她施施然地坐月子，施施然地接受可汗的賞賜，施施然地養著自己那個面容白嫩、眼大鼻翹的孩子。

羅軻知道自己容貌一般，也看不上佐以那張鬍子拉碴的臉龐，但她萬萬沒想到兩人的孩子居然是這麼一副可愛模樣。

她意識到這可能是為人母的偏愛在作祟，但固執己見，並不改變看法。

生了孩子後，佐以又夜夜光顧她房中。

每每羅軻使出渾身解數令他得了勁，這個男人會將她摟在懷裡，說些半真半假的承諾。

他說得最多的就是，要將可汗之位傳給兩人的孩子。

羅軻一開始只將這句當成笑話——要知道，佐以與自家原配的長子已經十三歲了。那個戎族少年壯得像頭牛，看著她的目光與他母親一般不善。

但可能是佐以實在說得太多了，羅軻漸漸懷疑真假。到後來，她也不考慮那麼多了，直接就將它當了真。

也就是從此之後，她發覺自己的人生中，似乎有了比討好佐以更重要的目標。

兩年後，王庭收到從遼州送來的通商協議。

彼時，戚游雖然還未收復整個盛朝，但局勢已經明朗，北邊的幾個州府更是牢牢掌握在他手中。

佐以拿到這份協議十分高興。這是當初他與戚游約定的內容，往大了說，對整個戎族有極大的好處；往小了說，可以間接幫他鞏固如今的可汗之位。

他正準備組織幾支商隊負責此事時，羅軻卻站了出來，說想要接手此事。

兩年過去，兩人的兒子長得冰雪可愛，甚是喜人，而羅軻卻邁過了三十歲的坎兒，眼角唇尾難以避免出現點點歲月的痕跡。

佐以半年前得了個年輕貌美的碧眼美人，如今正是寵愛的時候，難免就冷落了羅軻這個舊人。出於心中一點愧疚，佐以直接應了下來，讓羅軻帶領一支商隊，並許諾她適當的權力與抽成。

但他並沒有把這個當回事，安排下去後就將自己看好的部落族長召集而來，商討商隊的事宜。

羅軻也不介意，將兒子安頓好之後，便領著這兩年培養出來的勢力，帶上跟佐以討來的戎商丹巴，親自趕往儡戎城與其他商賈面談。

很快，幾支商隊的差距顯露出來。

出乎佐以意料的是，取得好成績的不是他看好的部落族長，而是他以為只把經商當消遣的羅軻。

這也不奇怪，羅軻本就是有手段、擅偽裝的人，再加上戚游在京登基後，念及她之前幫助拿下戎族的功勞，特意囑咐過邊關的將士幫襯一二。諸多條件相加之下，羅軻這條線死死將其他人壓住，成為塞外最為強大的一支商隊。

等佐以反應過來的時候，羅軻已經在王庭用盛朝特有的青磚水泥蓋了個精緻的院落。這個仿盛朝規制的院落不僅建築用料講究，其內更擺放著珍玩無數。佐以去看望自己兒子時，就見他躺在一張身為可汗的自己都不曾見過的百鳥朝鳳絲綢毯上，讀一本盛朝的啟蒙讀物。

名為「天賀」的童子見他過來，先是叫了聲「爹爹」，隨即才反應過來，換成戎族語喊了聲「父親」。

看著自己的兒子有出息，佐以很開心。他溫聲詢問道：「你娘親呢？」

「娘親正與西面五大部落的首領開會，商討明年西面的羊毛收取價格和香料供應。」天賀字正腔圓地回應道。

佐以點了點頭。這些事都是羅軻在一手把持，他並不太了解。

問完之後，天賀將目光重新投回書上，佐以也無話可談了。

他尷尬地在屋內站了一會兒，察覺自己與此處頗為格格不入，便找了個藉口，匆匆離開了。

臨走前，他不忘對著門口羅軻的守衛道：「讓可敦今夜到我帳中來一趟。」

夜裡，羅軻如約前往。

抱慣了年輕美人的佐以，在羅軻三十五歲這一年，重新發現了這個女子的美。幾年過去，羅軻變了許多，原本那種自帶的媚態已經褪去。她依舊挑著嘴角，看什麼都是一副笑盈盈的模樣，但那笑意並未拉近她與旁人的距離，反而會讓旁人第一時間感受到她的不可褻玩。

但這也容易更激起男人的征服慾。

「可汗突然尋我來，可是有事？」佐以還在發愣時，羅軻開口問道。

聽到這話，佐以心中升起一陣強烈的陌生感。

他依稀記得，原本羅軻與他說話的語氣和聲調，不是這樣。

縈繞在可汗心頭的一點旖旎，陡然散了個乾淨。他挑了些無關緊要的公事，詢問起羅軻，羅軻也一一應了。

月近中天時，他沒提讓人留宿，羅軻也不主動侍奉，直接回去了。

隔日，心懷芥蒂的可汗找來還逗留在王庭的部落首領，談起與盛朝通商的事情，言語間委婉表現出想將羅軻可敦換下來的想法，遭到眾人的一致反對。

這幾年的經營使得羅軻再也不是單純的可敦，她成為聯繫戎族和盛朝的關鍵人物，是拉動各部落財富增長的核心。最要命的是，她不知道從哪兒想出了一套辦法，牢牢將自己與各族利益綁在一起。

如今塞外各族但凡是有點腦子的人，都不願得罪她。

佐以悻悻地閉了嘴，轉頭去想辦法了。

但是當晚，羅軻上個月獻上的西域美女又令他忘了深究這件事。

日升月落，逐水草而居的戎族部落奔忙在綠了又黃、黃了又青的大地上，當年過六十的佐以再無力處理政事時，四十出頭的羅軻帶著十幾歲的兒子，接管了這片土地，成為戎族的新王者。

後代對於天賀可汗的記載非常多，說他博學多才、目光長遠，說他帶領戎族融入日益強大的新盛是多麼明智的舉動。

卻少有史料提到，那位在六十高齡後不顧子孫勸阻，毅然移居新盛錦州的天賀可汗之母。

山河燒錄頌章，渺小的人做著偉大的事。

番外二

延嘉十年，注定是不平凡的一年。

當京中百姓得知公主要參與科考時，還只是一笑而過，以為公主不過是給自己找個樂子。

但金榜一揭，戚昕的名字赫然列於榜首時，眾人便驚詫得說不出話來了。

有人說這是考官不敢得罪皇冑，專門點了公主的文章作頭名；也有人說公主本就蟬聯歷屆學院聯考，取得第一不過是預料之中。

不管如何，所有人都密切注意帝后的反應，想要預知未來風向。

但不管眾人如何評斷，執榜首符的戚昕昂然立於考核臺上，舌戰群儒將其他考生甚至考官都堵得啞口無言時，眾人知道——

公主，可能不只是想玩玩而已。

隔天，論完策的五十位學子從東升門入宮，接受帝王親自授職。

這種事情按慣例都是從低到高來的，於是，當四十出頭的戚游站在二八年華的小千金面前時，父女倆對視了許久。

半晌，戚游回身，取過了小太監手中的兩封授職書。

這其實有點離奇，按理說，只差狀元未得安置，理事太監手中應就剩最後一封授職書才是。

但戚昕察覺到這一點，心中竟莫名鬆了一口氣。

她知道，自己還有一封的希望。

「狀元，戚昕。」戚游展開其中一封，不含任何情緒地唸道：「女，原籍遼州康城，後隨父母遷往錦州……」

將狀元郎的身世簡略讀過一遍，威嚴的帝皇目光深邃。「本朝還從未出現過女子參與科考的事情，今年居然直接出了個女狀元。」

事實上，曹覓創辦的眾多學院，雖然也招收女學子，但這些人中，成就最高的也就是在某些「非官僚組織」中擔任管事。比如求知院的院長周雪，一直被譽為是當朝最成功的女性。

其間當然不乏一些學有所成的女子，希望透過科舉證明自己的實力，但她們往往在報名這一關，就被負責的官吏軟硬兼施地攔下。

戚昕能夠成功進入考場，少不了自家兩個哥哥的大力支持。

當然，太子雖然明面上沒有參與，其實暗地裡偷偷給妹妹補了好一段時間的課業。

回憶這半年來的經歷，戚昕不卑不亢地開了口。「自延嘉三年，皇上設立科舉以來，也從未聽過不允許女子參與的規定。」

「是。」戚游將手背到了身後。「但倘若妳此次真的授職為官，進入朝堂，身邊便都是些男子。」他頓了頓，微微嘆了口氣後，又問道：「男女終究有別，妳又何苦來蹚這一遭？」

最後一句，顯然不是把自己擺在君王的位置上了。

「為官是為國為民，與男女有何干？」戚昕反駁道：「臣寒窗苦讀，勤學多載，幸得一遭登臨榜首之位，難道還不能證明臣比其他人更適合這個位置嗎？」

戚游搖了搖頭。「妳未曾考慮過這之後的後果。」他道。

早在幾年前，曹覓其實就與他提過這問題。

但那時，戚游以身為帝皇的直覺，告訴愛妻說事情還不成熟。

兩人心意相通多年，曹覓自然是信他的，所以縱然心有不平，但未再多問。

事實上，皇上心中認為的「時機」，就是要等到出現一位驚才絕豔的女子。她必須足夠優秀，優秀到能壓制住絕大部分的男人；她也必須具備足夠大的影響力，能夠領導天下女子團結一心，一改從古至今重男輕女的現象。

之前，女子能入學堂，靠的是曹覓這個聲望凜然的皇后。而使女子真正進入朝堂，甚至進入中樞，需要靠另一個人。

但戚游萬萬沒想到，這個人會是自己的女兒。

帝后只有這麼一個千金，從小就是捧在手心的存在，戚游自己做過揭竿而起者，深知這表面的風光下暗藏多少辛酸——

這種罪，他怎麼肯讓小女兒品嘗？

所以，當戚家三兄弟還懷揣著少年意氣，同心協力幫助自家妹妹時，戚游這個做父親的光是嚥下口中阻撓她的吩咐，就花光了力氣。

「稟皇上，」戚昕冷靜地回應著。「自報名那一日起，臣便將所有事情都考慮過了。誠然，女子為官這樣前無古人之事，說起來有些駭人聽聞，但在本朝才開先例的事情難道還少嗎？如果不是帝后齊心，排遣萬般阻撓造福萬民，安能有這番新盛盛世？臣知道前路沒有火光，一路要摸黑打滾過去，但這種事，總要有人做的。等到臣倒下時，臣提在手中的燈籠就成為一點星光，為後來人照亮航程。越多的人失敗，星光就越多，到最後，終會有人於星河璀璨中，抵達那個終點——」

「那可以有別人！」戚游忍不住打斷。

「任何事都不能寄望有別人！」戚昕毫不退卻。「如今是我站在這裡，那就是我了！」

殿中迴蕩著父女倆你來我往的爭辯聲，其他人都將頭埋得低低的，連呼吸都不敢鬧出動靜。

半盞茶的時間過去，戚游直接道了聲。「夠了！」

他打開手中兩封授職書，各自看了一眼，選定了其中一封。

就在他要將東西遞出去時，戚六過來，湊到他耳邊說了些什麼。

戚游聞言，側過身望向殿中西南角，果然見到皇后帶著侍女，靜靜地站在那一處。

對上戚游的目光，她平靜一笑，沒有更多的行動和言語，恍若她特意來到此處，是真的只想做一個旁觀者。

但戚游手中的授職書卻遞不出去了。

他在原地踟躕了片刻，內心劃過千萬個念頭，最終還是閉眼吐出一口氣，換了一封授職書。

戚昕接過，宣旨太監便很有眼力見兒地高聲喊道：「特賜延嘉十年，狀元戚昕，翰林院六品編修一職，欽此！」

最後一人安排完，所有學子齊齊下跪，叩謝天恩。

戚昕久久跪伏在地，既感激父母的成全，也為自己能邁出這一步而高興。

這一步確實是一個極富意義的里程碑。

往後幾年，各州府考生中陸陸續續又出現了好幾個女子的身影，其中也不乏力壓其他男子，登臨金榜的人物。

而戚昕的官途也成為新盛朝所有百姓茶餘飯後的話題之一。

以第一女狀元為起點，戚昕陸陸續續摘下第一女縣令、第一女侍郎、第一女御史等等名號。許多官職在她之下的男子，總免不了要反覆提起她的公主身分，再暗中嘲諷幾句，以此來安撫自己的自尊心。

但與戚昕共事過的人都知道，這個出身皇家的女子是真正憑藉自己的才能和手段，走出這樣一條通天坦途。

幾年之後，戚游卸下肩上重擔，留下一句「兒孫自有兒孫福」，便帶著曹覓滿天下去遊歷。

初登基的新皇戚瑞從小在曹覓的教養下長大，行事比父皇更大膽些。他金筆一揮，直接將還年輕的戚昕提為了禮部尚書。

如此又十幾年後，於公務早已得心應手的戚昕又坐到了宰相的位置。

彼時，長公主已經年過而立，仍未婚配；而帝王後宮，唯一的皇后剛剛產下第三名女嬰。

戚瑞抱著被裹在襁褓中的小女嬰溫聲哄著，眉目間盡是為人父的溫柔。產房中，剛得知嬰兒性別後的皇后，臉色則慘白三分。

方才分娩的疼痛沒有擊垮她，三女兒卻差點教她暈過去。

作為小姑過來幫忙的戚昕見狀，為她擦了擦額上的汗珠。

「戚昕，」皇后抓住與自己感情極深的小姑，定聲道：「等我出了月子，妳、妳一定幫我上書請求皇上納妃！」

戚昕半點不詫異她這個要求，卻拒絕道：「大哥的性子，大嫂比我更清楚。我就算帶著群臣上書又有何用呢？徒惹大哥生氣罷了。」

「如今看來，納妃已經不是簡單的帝王家事了。」皇后自嘲一笑。「我願意背負所有的罵名，但怎忍見……怎忍見世人因無嗣一事，詆毀於他。」

「怎會無嗣？」戚昕拍了拍她的肩膀。「彤兒、黛兒，以及剛剛出生的那個小不點，不都是大哥的子嗣嗎？」

皇后眼中的淚珠都快下來了。她帶著隱隱的哭腔道：「什麼時候了，妳還尋我開心？她們、她們哪裡能……」

到後面，她已經說不下去了。
「她們無法成為儲君是嗎？」戚昕抓著她的手，嘗試著傳遞一點溫暖。
等皇后稍微平復，她又道：「二嫂之前，沒人知道女子也能成為船長。我之前，也沒人知道女子能成為宰相。如今是新盛，有什麼是不可能的呢？」
皇后愣住了，滿眼驚恐地望向她。
戚昕卻平靜得恍若自己只是談論了今日的天氣。
這時候，戚瑞抱著剛出生的小女兒，領著大女兒和二女兒進屋中來。
與皇后相視一笑之後，他看著戚昕道：「看來今後，這太傅之位也少不了妳的。」
「哦？」戚昕打蛇隨棍上。「那臣便先叩謝皇恩了。」
兄妹二人默契地笑開，笑聲感染了戚瑞身邊的三個女娃。
三位小公主雖然不明所以，但也勾著嘴角，同樣露出甜甜的笑顏。
等到後來，當銀霜爬上女宰相的鬢角，又催熟三位俏生生的小公主時，每一日午後，宮人們都能看到她們姑姪四人坐在殿下。
往往是戚昕溫言講述，三個女孩專注傾聽。偶爾當三個女孩彼此辯駁起來，戚昕也會微笑注視。
窗外總有其他嘈雜，但蓋不過書頁翻動的聲響。
字裡行間的油墨香沾染到戚昕的玉指上，一直蔓延到年歲與蒼穹之外。
長公主戚昕終身未婚，但為官清廉嚴明，政績斐然，更教出了歷朝第一個女皇帝——

姝昕帝。

她入朝堂數十年，一直踐行著當初授職時與父親承諾的那番話。唯一不同的是，與她當初的比喻相背，在她倒下之後，她手中的燈火沒有成為一粒星光，而是劃出了一道輝光熠熠的銀河。

當世及後世的女子們在爭取自己權益時，循著她留下的光橋，能一直望到很遠的彼岸。

有人說，她就在那裡。

——全書完

2020年10月出版

佳窈送上門

文創風 890～892

這麼一個冷面清俊的郎君，
吃起辣來嘴唇嫣紅、多了些人氣，
配著這美景，她能再多吃一碗飯～～

字句料理酸甜苦辣，
終成一道幸福佳餚／春水煎茶

能吃就是福，可姜舒窈的娘卻非得把她餓成窈窕淑女，
偏偏她不是塊君子好逑的料，反而得尋死逼人娶自己，
這一上吊可好，原主的黑鍋，全得由她這個「外來客」背了。
幸虧她什麼沒有，就是心大，新婚見著夫君——謝珣，
那張謫仙面容和翩翩君子風範，讓她很是滿意。
他不是自願娶她，定然不肯與她親近，但也不會苛待她。
果然，婚後她沒人管束，成日在小廚房內鑽營美食，
玉子燒、麻辣鍋、蛋糕……香氣四溢，
不但小姪子們被勾來，偶爾還能吸引美男夫君陪吃，可逍遙了！
好景不常，也不知怎的，老夫人想給她立規矩了……
晨昏定省能回去補眠，可抄經書是怎麼回事？她不會寫毛筆字呀！
正當她咬著毛筆桿苦惱時，有了飯友情誼的他說道：
「母親只是想磨妳的性子，與其趕工，倒不如白日多表現。」
這話的意思……是讓她耍心機，賣乖抱大腿？
咦？總是板著一張冷臉的夫君，也沒想像中古板嘛！

為加油 和貓寶貝 狗寶貝 廝守終生(一定要終生喔！)的幸福機會

對人來說，貓寶貝狗寶貝只是生活的一部分，但妳（你）對牠們來說，卻是生活的全部，領養前請一定要考慮清楚——

▲ 活潑親人又愛撒嬌的 小不點

性　　別：女生
品　　種：米克斯
年　　紀：約2歲
個　　性：活潑好動、親人調皮、食量大（不挑食）、力氣大
健康狀況：已結紮，體內驅過蟲
目前住所：苗栗市（國立聯合大學動保社辦）

本期資料來源：國立聯合大學動物保護社

『小不點』的故事：

小不點是去年暑假期間，疑似被人棄養在八甲校區，我們剛發現牠的時候還是小小一隻能單手抱起，也是因為這樣才取名為小不點，現如今已經長成為活潑可愛又好動的大女孩了。

牠從小就很親人、也愛跟人玩耍互動，除了調皮以外不太會製造什麼麻煩，第一次剛進社辦時，就能與安置在學校內的其他狗狗相處融洽，沒有出現攻擊性行為，甚至像個可愛的傻大姊一樣，每次作勢要修理牠時，牠就會瞬間全身趴在地板上裝無辜，偶爾也會耍賴著不走，當三五好友來看牠時，總是露出一副非常享受被大家圍繞的神情呢！

在長期的照顧與訓練下，小不點會在固定場所活動、聽得懂基本指令（在社團裡，我們都會要求先坐好並握手後才可以吃飯），但有時候牠會偷懶，握得很隨便；偶爾也會出現用牙齒輕咬東西或是輕咬我們的手以示撒嬌，甚至一看到親近的人就會興奮的撲上前去鬧騰，種種親人的模樣，讓人想呵斥牠卻又捨不得～～

如果您想要養隻可愛狗狗，讓家中歡笑聲不斷的話，請來電連繫國立聯合大學第九屆動保社長張同學0963667383，或上聯合大學動物保護社粉絲專頁私訊。這麼愛跟人撒嬌的小不點，希望可以幫牠找到一個幸福的家！

認養資格：

1. 領養人須能接受小不點愛玩調皮的個性，且力氣不能太小不然可能牽不住牠。
2. 飼養環境需要有充足的空間給牠跑跳。
3. 須同意簽認養寵物切結書，在這之前可以來學校和小不點相處看看也不錯喔！
4. 須同意送養人日後之追蹤家訪，對待小不點不離不棄。

來信請說明：

a. 個人基本資料：姓名、性別、年齡、家庭狀況、職業與經濟來源等。
b. 想認養小不點的理由。
c. 過去養寵物的經驗，及簡介一下您的飼養環境。
d. 若未來有結婚、懷孕、出國或搬家等計劃，將如何安置小不點？

懦弱繼母養兒記 3 完

國家圖書館出版品預行編目資料

懦弱繼母養兒記 / 雲朵泡芙著. --
初版. -- 臺北市 : 狗屋, 2020.11
冊 ; 公分. --（文創風）
ISBN 978-986-509-155-2（第3冊 : 平裝）. --

857.7　　109015070

著作者	雲朵泡芙
編輯	張蕙芸
校對	黃薇霓
發行所	狗屋出版社有限公司
地址	台北市104中山區龍江路71巷15號1樓
電話	02-2776-5889～0
發行字號	局版台業字845號
法律顧問	蕭雄淋律師
總經銷	知遠文化事業有限公司
電話	02-2664-8800
初版	2020年11月
國際書碼	ISBN-13　978-986-509-155-2

本著作物由北京晉江原創網絡科技有限公司授權出版

定價260元

狗屋劃撥帳號：19001626

網址：love.doghouse.com.tw　E-mail：love@doghouse.com.tw